我想你
前任2

张躲躲 著

图书在版编目（CIP）数据

我想你，前任. 2 / 张躲躲著. -- 北京：北京联合出版公司, 2017.12

ISBN 978-7-5596-0980-9

Ⅰ.①我… Ⅱ.①张… Ⅲ.①长篇小说—中国—当代 Ⅳ.①I247.5

中国版本图书馆CIP数据核字(2017)第236118号

我想你，前任2

著　　者：张躲躲
责任编辑：徐　鹏
出版统筹：谭燕春
特约监制：贺　嘉　高继书
封面设计：格·創研社 SQUARE Design BOOK QQ:418808878

北京联合出版公司出版
（北京市西城区德外大街83号楼9层　100088）
北京联合天畅发行公司发行
北京新华印刷有限公司印刷　新华书店经销
字数160千字　880mm×1230mm　1/32　8印张
2017年12月第1版　2017年12月第1次印刷
ISBN 978-7-5596-0980-9
定价：39.80元

未经许可，不得以任何方式复制或抄袭本书部分或全部内容。
版权所有，侵权必究。
本书若有质量问题，请与本公司图书销售中心联系调换。
电话：（010）64243832

遇见你后,深情已种

一生守候着不会异动

我没有软肋,

也不需要
盔甲

💧

萧飞一直担心，老板马天越出了车祸，脑袋开瓢儿进了医院，咖啡馆的生意非黄了不可。她这份兼职是好不容易才找到的，薪水很不错，还指望春节之前攒些钱给妈妈买份大礼呢。咖啡馆要真歇业，她的计划可就泡汤了。一个三流学校的大三学生，专业又不对口，短期内到哪儿找这么好的兼职去。

惊喜的是，马天越的女朋友戴安力挽狂澜，拯救咖啡馆于水火，不但没歇业，还小规模地扩建了一下。其实也算不上扩建，就是店内布局和装修稍稍进行了调整，减掉了最里面的两组沙发软座，隔出一个小空间来加了一张斯诺克台球桌。隔断做得巧妙，外面看不见里面，形成了一个相对私密的空间，喝咖啡的人不会受到球局打扰，打球的人也不会被外面的动静打扰。看得出是精心设计的，一点点变动就显得空间大了很多，并且格调提升了不少，来打球要事先预约，对外并不公开，只靠朋友之间口碑相传，大众化的咖啡馆内部硬是多了些私人会所的味道。在这样的区域服务，萧飞觉得，自己作为服务生的格调都高了不少。

说起老板的这位女朋友，萧飞刚来的时候听得最多的就是她的八卦。据说她连正牌女朋友都算不上，顶多就是老板的众多女粉丝之一。马老板人生阅历丰富，人长得帅，生意又做得好，虽然有过一次不太幸福的婚姻经历，但是丝毫不影响他的含金量，甚至这一点还让很多小女生垂涎不已——历尽沧桑的欧巴更容易让人缴械投降啊。

咖啡馆的另一个服务生李超超说："来咖啡馆上门围堵马老板的美女多的是，论姿色论人品戴安都排不上号。我就瞧不上她那种贱兮兮上赶着的劲儿，原本要出国的，老板发了条微博她就留下来了。结果怎么样，老板还是没给她名分啊。"

萧飞并不这么想。她喜欢戴安。相处得越久越喜欢。老板的绯闻八卦她不感兴趣，光凭咖啡馆改造这一点她就觉得戴安品味不俗，装修过程中的雷厉风行更是让她顶礼膜拜。而且戴安自带万人迷光环，走到哪里都能把身旁的人投进阴影里。萧飞觉得李超超那样议论戴安，多少有点小女生的妒忌。至于戴安对马天越的感情，萧飞更愿意相信那是一个成熟女人的勇敢，爱就爱得死心塌地，爱就爱得值得，错也错得值得——再说了，爱情这回事哪有什么值不值得，只有三个字"我愿意"。

所以，后来有一次闲聊，萧飞对戴安说："戴总，我觉得你特别棒！"

戴安笑着看她："爱上我了？被我掰弯了？"

萧飞知道她爱开玩笑，索性就回道："就算我真爱上你也得排队啊，而且一排就排在马总后面，根本没有出头之日。"

戴安伸出一根指头。"第一，别叫我戴总，这咖啡馆我没一分钱的股份，我纯粹是觉得好玩过来掺和一下，就是想给我的朋友们找个安静又便宜的消遣地。"接着又伸出一根指头。"第二，也别把我跟马天越扯上关系，我留下来是人品问题，我不能在朋友大难临头的时候撒手不管。他是我哥们儿，你不用排他后面，大胆往上冲吧，来，扑倒我。"

"你得了吧，嘴硬心软，跟我妈一样！"

"呸！说我老是吧！"

"口误口误，我是说，你是大好人！怪我不会表达，"萧飞急得直挠脑袋，"网上有句话怎么说来着，因为爱一个人，有了软肋，也有了盔甲。"

戴安轻松一笑："我没有软肋，也不需要盔甲。"

萧飞久久回味戴安这句话，真棒，她也要向戴安学习，没有软肋，不需要盔甲。

"萧飞，快递！"

一个重大的包裹砰地一下放在了门口的咖啡桌上。快递小哥背着硕大的背包，戴着大口罩，一边摘手套一边冲萧飞喊："到付，超重，五十块，自备零钱。"

"什么？到付？"萧飞冲过来，像捧着炸弹一样紧张地看着包裹，"明明是包邮的啊亲，怎么成了到付！"抬眼一看小哥，笑了，"玩我是吧？"

小哥摘了口罩，笑得露出一嘴白牙："送快递送到你的地盘上，还不得请我喝一杯啊？"

"我家咖啡物美价廉好吗，五十块还能来份甜点。"

"那行啊我不客气了，一份黑森林伺候着！"

"当心我投诉你敲诈客户！"萧飞像维尼小熊抱着蜜罐一样抱起包裹，左看右看，生怕刚才那一下给碰坏了。

"怕了你。签收吧，我赶着去下一家呢。像你这种沉迷网络购物的亲太多了，我是未来的企业明星，必须全力以赴给你们送货上门！"

"谁沉迷了！这可是我最重要的一次购物！"

"不逗你了，走了！"

萧飞签了字，"路上小心"四个字还没说出口，小哥已经转身出门了。

"行啊你，连快递小哥都能撩，深藏不露嘛！"李超超笑着看萧飞。

"撩什么撩。"萧飞转身回到吧台，把包裹放好，"老熟人啦。没想到他个名牌大学的高材生沦落到送快递的份儿上。虽说送快递也值得尊敬，可毕竟风里来雨里去连口热饭都吃不上，太辛苦了。"

"哎哟，听这牵肠挂肚的语气，一定有剧情！赶紧讲讲，姓甚名谁，家住哪里，青梅竹马还是一见钟情？"

萧飞叹气道："我的软肋和盔甲。"

"什么软肋什么盔甲的。"李超超扭着萧飞的肩膀把她往里面推，"快去接客。里面有个帅哥，点名要你陪。"

"什么帅哥什么陪啊。"

"可帅啦可帅啦，看着他我这小心肝儿都跳不动了！"

"你那小心肝儿不跳你就死了。到底什么人啊？"

萧飞还没明白过来，已经被推到了台球桌边。原来是有人来打球，点名让萧飞服务。来人确实是帅哥，身材修长，眉眼如画，笼在昏黄的灯光里，靠着球桌，抱着球杆斜睨着说："你就是萧飞？久仰大名啊。来一局？"

看样子是戴安的朋友。戴安逢人便说:"我们店里有个小姑娘是斯诺克高手。"所以,不少人带着好奇来找萧飞过招。戴安还说:"要不我们在酒水单上填一项'萧飞'吧。"当然,这是个玩笑,不过这些人往往出手阔绰,萧飞赚了不少小费。她从心里感激戴安。

今天这位想必也是来"消费"的。

他主动自我介绍道:"认识一下吧。我是晏景和。"

他向萧飞伸出手。萧飞还真没有跟人握手的习惯,有点不适应,稍稍迟疑了一下,把手递了过去,轻轻握了握,算是认识了,然后拿了称手的球杆,没有多话,开球。

萧飞不擅长跟人聊天,尤其是有服务生的身份在,生怕多嘴多舌惹人讨厌。戴安的朋友们似乎多少都有点身份和来头,她不想让人家觉得戴安的员工是八婆。她只想着陪人打球顺带端茶倒水挣小费。晏景和倒是爱聊,他说他是律师,专门帮有钱人做婚前财产公证或者打离婚官司。萧飞偷偷想,按照狗血剧里演的,他就应该是那种抹着发蜡发丝倍儿亮马甲板正领带系得严严实实跟在大户人家的老爷屁股后面出主意的狗头军师,于是忍不住开了句玩笑:"靠棒打鸳鸯挣钱,你睡得着吗?"

晏景和啪地一杆把一只球送进脚袋,斜睨着坏笑道:"那得看跟谁睡!"

萧飞嘘他一通,献上大大的鄙视。

晏景和接着逗她:"怎么样,小姑娘,要不你跟我吧,吃香喝辣,飞黄腾达。"

萧飞皮笑肉不笑地回道："好啊，我考虑考虑，看来你真是在有钱人那里刮了不少油水，我跟着你攒点儿私房钱，总比当陪练小妹更容易发家致富。"

晏景和大笑道："看你这小姑娘不声不响的，也有牙尖嘴利的时候。不过说真的，你斯诺克打得不错，女生玩这个的不多，你从哪儿学的？"

萧飞不想说爸爸去世得早，妈妈靠一个胡同里的台球厅把她养大，也不想说自己的童年少年青年时期都跟台球厅的不良少年胡楂儿大叔混在一起。晏景和这种一看就是蜜罐里泡大的人，听穷孩子的苦出身，除了来几声猫哭耗子的嗟叹，加上几句怜香惜玉的怜悯，还能怎样。萧飞是苦，但是从不诉苦。她没回答问题，反问道："你做律师很久了吗？听说入行很难啊。我有个好朋友通不过司法考试，可能要跨专业找工作了。"

晏景和耸耸肩，做出一个轻松的表情，回她道："跨专业没什么啊，我起初也不是学法律的，我理工科出身。"

"真的假的！"萧飞这一杆用力有点过，球被弹了回来，"别告诉我祖国的卫星事业有你一份功劳，你退隐江湖了才到法律界混碗饭吃。现在法学专业可是最难找工作的，大票毕业生都就业不对口，你这么抢饭碗可太不厚道了。"

晏景和很认真地说："我真的是天才理工男，很小的时候就以绝顶聪明出尽了风头，四岁设计出自己的第一块电路板，六岁设计出V8发动机，十七岁时以最优异的成绩毕业于MIT（麻省理工学院），

007

二十一岁的时候，回头浪子迷途知返，接管家族企业做了CEO（首席执行官）。"

李超超刚好进来送点心，听到这番话瞪着大眼使劲儿朝萧飞使眼色。

萧飞只觉得哪里不对，想了想说："我怎么觉得这词儿这么耳熟啊。"说着拿球杆狠狠戳他一下子，"你是钢铁侠啊！"

晏景和大笑道："戴安手下的人就是厉害，换别人一下子就蒙过去了。"

骰子的第七面

晏景和就这样成了咖啡馆的常客，隔三岔五就跑去跟萧飞切磋球技。不过萧飞看得出来，他的心思根本就不在台球桌上。首先，他这样的人真想打球的话肯定多的是玩伴，犯不上每次都来找她；其次，她自己的水平自己心里清楚，跟胡同里的小混混们玩玩还成，跟这种常年在国外混迹于各种球局社交场合的人交手，分分钟原形毕露，晏景和顶多用了五分力在跟她打球。可他为什么干这么无聊的事呢，要知道高手给玩家当陪练其实很累的。萧飞唯一能够想到的解释就是，他在这里等戴安。可这也说不通，他是戴安的朋友，想见戴安不是一个电话的事儿，用得着花大把的时间学姜太公直钩钓鱼吗？萧飞只能想到一个解释：他的钱实在没地儿花，而他又实在太闲了。

于是，有一次打完球，晏景和付小费要离开的时候，萧飞问："别怪我多嘴啊，我想提醒你一句，戴总她一般是不来店里的，她大部分时间都在医院照顾马总。马总出车祸做了开颅手术，身边离不开人。有事情她都是打电话到店里，吩咐我和李超超去做。"

晏景和愣了一下，然后笑道："戴总，啧啧，我一下子还没反应过来。你们这么叫她她居然没反对？她可不是一个稀罕头衔的女人。"

"嘿，你还真了解她。她是不让我喊戴总，我喊习惯了。"

"你没告诉她我每天都来吧？"

"没有。"

"那就好。知道我为什么这么干吗？"

"因为你实在太闲了？"

"你这孩子！"晏景和假装生气，"我这是在制造浪漫啊。我们有

010

好几年没见了，要是我打电话约她，说我回国啦我们见个面吧，那她就算离开那个什么马总出来见我，也是朋友叙旧。多没劲。偶然在咖啡馆遇到多惊喜呀，我追求她做我女朋友的胜券是不是更大？"

萧飞恨不得做出一个手机聊天常用的笑出眼泪的表情，这位风流公子哥看上去圆滑老练，心里却还有这么幼稚的一面，像个情窦初开的高中生。看他实在用心良苦，萧飞忍不住说："祝你好运喽，戴总她是该有个人好好对她。"

可是，那次聊天之后的很多天，晏景和没再去咖啡馆，连李超超都觉得不对劲，问萧飞："我感觉你跟他说话特别没大没小，你是不是哪句话说过头了，得罪了财神爷？"

萧飞撇撇嘴说："这位财神爷不是那么小气的人，说不定是被哪里的新欢绊住了。"

生活恢复了平静，学校有课就去上课，没课就跑到咖啡馆来工作。原本萧飞的兼职是每周一、三、五、六、日五天时间，后来发现打台球能挣小费，她跟戴安商量增加上班时间，戴安毫不犹豫地同意了。虽然很忙碌但是很充实，储蓄卡里渐渐有了存款，感觉每一天都在向着心中的"宏伟计划"靠近。

唯一和晏景和相关的纪念，是一只加了环扣、做成装饰品的7号桌球。那只桌球原本吊在晏景和的车里。有一次晏景和的打火机落在店里，萧飞赶出去还给他，发现他的后视镜上挂着这么一个小玩意儿，一般人都会在后视镜上挂佛珠、平安符或者领袖像，晏景和却只挂了那只7号球。萧飞好奇，就问他："你就这么着迷桌球啊？"

晏景和瞥她一眼，故弄玄虚说："这是骰子的第七面，你永远不知道上帝会给你安排什么。"

萧飞笑着碰了一下那个神奇的"骰子"说："我也沾沾仙气儿，看看它老人家能不能给我带来好运气。"

晏景和就抬手摘了下来，夸张地亲了一下，递到了萧飞的手上说："一定能的。我现在用不着了，送你了。"

后来，那只球就一直沉甸甸地坠在她的包里。萧飞闲的时候就拿出来看看，看着上面温润美好的象牙光泽，打心眼儿里希望它真的能够拥有化腐朽为神奇的超能力，保佑她心底的那个人从此否极泰来。

晏景和消失半个月之后的一个中午，萧飞正在学校食堂吃饭，接到一个电话。手机来电显示是个陌生的电话号码，接起来，那边的鼻音特别重，像是感冒了，懒洋洋地说："想我了没？"

萧飞狐疑地问："你找谁？你打错了吧？"

那边叹了口气："薄情的女人，几天没见就忘了人家。"

萧飞扑哧一下笑了出来，这个晏景和装神弄鬼的手段真是一流，感冒了还不忘记贫嘴。"你是不是发烧把脑子烧坏了，撒娇也轮不到撒到我这里来。"

"知道我发烧了还不温柔点儿啊。快来看看我吧。"

萧飞只好问了医院地址，买了鲜花过去。

晏景和住的是十八楼。这一层是VIP（贵宾）特护病房，装修和服务都格外考究，病号在这里养病和在家生活区别不大。晏景和住的是最里面的一个大套间，奢华程度不亚于酒店总统套房。萧飞傻傻地捧着一捧花束往里走，脚步落在厚厚的红地毯上并无声响。

"咳咳……"有人咳嗽了两声，打破了走廊里的安静。晏景和穿了一身病号服，白衣白裤，正站在走廊的尽头看着她。真是天生的衣服架子，连这种衣服穿起来也很养眼。他的身后是一面很大的落地玻璃窗，背光效果将他衬得愈发俊朗如画，美中不足的就是不时轻声咳嗽。病得那么厉害，他嘴角竟然还衔着半支烟。

萧飞已经习惯了他的路数，不能正常说话，张嘴就得放大招："你得了非典还是禽流感啊，我会不会被传染？"

晏景和笑道："冒死来看我，我感动得不知如何是好啊！"接过萧飞抱来的一大束洁白的马蹄莲，把脸埋在花束里深深地嗅了几下，腔调暧昧，"就像你的味道，我真想念。"

"你不臭贫会死啊！"萧飞白他一眼，抢过他嘴角的烟，丢到一旁的垃圾桶里。

晏景和是去瑞士滑雪了，着了凉，发了烧，路上又没好利落，最后转成了肺炎，所以一直咳个不停。萧飞不是不担心，却还是毒舌道："还以为你这里会妻妾成群梨花带雨哭成一片，居然一个人都没有，够冷清的。"

"这不是为了给你腾地方，把她们都撵走了吗？"他依旧是贫嘴，脸色十分不好，没有血色，后来咳嗽得紧了，脸颊生起两抹红晕，比起先前的风流倜傥来，倒是多了几分病态美。

萧飞趁机幸灾乐祸地说："早知道你病得这么厉害，真应该让李超超一起来探病,她最喜欢什么肺病痨病哮喘病的落拓才子了,倾国倾城貌混搭多灾多病身,才是绝配。"

"小没良心,枉费我对你一番好意,你只知道咒我死。"

两个人嘻嘻哈哈开了几句玩笑,晏景和气色好多了。萧飞想起自己最近遇到的一件糟心事,就问道:"你真的是律师?骗我的吧。"

晏景和一只手拿着手帕捂着嘴咳嗽一通,另一只手果断一挥,说:"不信就算了。"

"我信我信,我遇到大麻烦了,实在找不到人可以咨询。"

"咨询可以,按分钟收费。"

萧飞拿起旁边小桌上的大白梨,三两下把皮削得干干净净,双手捧到晏景和面前。"晏大状请笑纳。"

晏景和把头扭到一边,把嘴一撇。

萧飞恳求:"这一次你必须帮我,算我欠你一个人情!"

"唔?"晏景和来了兴致,一脸坏笑,习惯性地拿了支烟又要点,"你居然有求人的时候?少见啊少见。说来听听?"

萧飞夺下他手中的烟,把梨塞到他手里,说:"别再抽了,听我说。"

萧飞家所在的老城区在进行大规模拆迁,按说她家能得到很好的补偿。但是最后的结果是,真正属于她家的房子只有胡同里大杂院里最小的一小间,外面她们用作台球厅的两间临街平房属于"私搭乱建",得不到拆迁补偿。萧飞就不明白了,那两间房子从她记事起就是她家的,爸爸去世之后,她们母女俩相依为命赖以为生全靠这两间房了,最初是

出租，后来改成台球厅。快二十年了，说拆就拆，还得不到任何补偿。这事儿上哪儿说理去。

晏景和一直没说话，歪在沙发上安安静静吃梨，眉头却皱得很紧。过了一会儿，他摆了个三分远投的动作，把啃得干干净净的梨核抬手一抛，精准地丢到一旁的垃圾桶里，然后目不转睛地看着萧飞。"听明白了。这么聪明漂亮的萧飞姑娘，原来也是苦出身啊。"

萧飞叹口气道："这不光是我们家一家的事，街坊邻居有好几家都是这个情况。大家都不服，凭什么说拆就拆啊。我不是在演苦情戏，就是想找懂法律的人咨询一下。我妈妈把我养大不容易，她身体不好，吃了很多苦，还想着拿点补偿款安度晚年呢。这么一闹，赔偿拿不到，连家都丢了，她会很伤心的。"

晏景和点点头："我懂。你是个懂事的好孩子。不过这方面的事不好说，我在国外时间太长了，对国内形势不太了解，我去找专门的人问问，过几天给你回话。"

萧飞想了想，没说话，定定地看着晏景和。

晏景和被她看得有些不自在，低头看看自己的衣服，又抬手摸了摸下巴，问："怎么，我脸上有东西？"

萧飞继续盯着他，神情严肃。

晏景和真的被看得不自在了："死丫头，冒什么坏水呢？"

萧飞笑道："你这个骗子，你根本不是律师！"

晏景和一愣，哈哈笑道："你能不能至少有一次别拆穿我啊！"

萧飞哼了一声，说："你能不能至少有一次认真说话啊。"

"我是认真的啊,我不懂但是有人懂,三天之内,我一准儿给你问明白了。"

"那我先谢谢你啦!"

晏景和恢复浑不吝的腔调:"你怎么谢我?"

"请你喝啤酒吃烤串,多撒孜然辣椒面?"

"咳咳咳……"不知是生气还是难受,晏景和剧烈咳嗽两下,"故意气我是吧,你看我这副德行吃得了烤串喝得了啤酒吗?我倒是想呢。"说着,又咳嗽了几声。

萧飞觉着奇怪,晏景和这病生得还真是冷清,这半天的工夫竟然再没其他人来。

"我嫌吵,吩咐了谁都不许来,让小护士在外面给我挡驾呢。"晏景和停了停,斜眼看萧飞,"我只想见你。想了这些天了,忘也忘不了。"

"贫吧你就。"萧飞嗤笑一声,又帮他削了一个梨放在茶几上,"你歇着吧,我得去店里上班了。"说了就起身往外走。

晏景和看她要往走廊的另一头走,拦着她说:"傻不傻啊你,这边有VIP专用电梯,甭跟他们挤普通客梯去。"

"真的?"萧飞惊喜,"有钱人的生活就是爽啊,你要不说我还真不知道!你这一病倒让我长见识了!"说着就被晏景和引着去那个隐蔽的贵宾专用电梯。

电梯很快上来,里面有一位年轻漂亮的制服小姐,画儿一样的人竟然这样默默无闻地守在电梯里。电梯装修得像五星级酒店里的,跟

医院的破烂老楼完全不是一样的画风。萧飞觉着新鲜,抬腿就往里蹿。晏景和笑着说:"着什么急呢,又不赶时间。改天我在病房支个台子,过来打球吧。"

萧飞连连咋舌道:"晏景和,你真不是一般的腐败啊,竟然在病房里打桌球!"说着一步跨进电梯,回身朝他挥手。

"等你台子支起来了,打电话给我吧!"说完又笑,小孩子一般俏皮,"不过我更希望你快点儿出院,看惯你张牙舞爪的样子了,真不适应你这病歪歪的腔调!"

电梯门合拢,萧飞的笑脸一寸一寸消失在缝隙里。晏景和一直在原地看着,直到控制板上红色数字由18变成了17,他才自言自语嘟囔了一句:"连台球小妹都来看我,戴安啊,你怎么就这么狠心不来看看我。"然后踱到护士值班台那里,语气坚定地说:"给我办出院。"

她喜欢的
男孩

是什么时候变成
男人的

💧

看着病恹恹的晏景和消失在电梯门外,萧飞的心里有种说不清道不明的感觉。算起来,他们认识挺长时间了,除了打球就是毒舌斗嘴,这还是第一次在咖啡馆之外的地方这样单独坐在一起正正经经说几句话。虽然这家伙嘴尖皮厚油腔滑调有讨厌的一面,但是刚才打包票的样子倒是很认真。萧飞心情莫名地好了起来。

    电梯降到十六楼,停住,门打开的瞬间,门里门外的人都愣了一下,还是萧飞嘴快:"董宁?你怎么在这儿?"

    董宁跨步进了电梯:"我领导病了我来看看他。你呢,来看谁?"

    萧飞居然答不出来。怎么答呢,看一个朋友?她算不算晏景和的朋友?她好像有点高攀不起。那么,晏景和是她的一个客户?好像也很别扭。于是胡乱应付了一下:"我来看个熟人。你倒聪明,知道有这个隐形的贵宾电梯。我是刚刚才知道。"

    "我也是刚刚才知道。有钱人真会享受,病房讲究,电梯也跟五星酒店似的。"

    "是啊,我简直想多玩几次。"萧飞说完自觉有点不妥,看了看旁边的电梯小姐,她的脸映在镜子里,似笑非笑。董宁的大手在萧飞脑袋上拍了一下说:"皮猴儿,哪儿都是游乐场,大学都快读完了,一点儿长进都没有。"

    萧飞"喊"了一声:"你能好到哪里去。我顶多是在游乐场玩,你连自己的职业前景都拿来做游戏了。"萧飞拽了拽董宁身上知名快递公司的工作服,"说真的,兄弟,这个工作你要做多久啊,你不是真的要风里来雨里去送快递吧?"

"怎么，瞧不起蓝领工人？"

"少扯，你知道我担心你，这工作太辛苦。你好歹也是名校毕业，专业一流，有的是选择，何必吃这份儿苦。等春天还有个就业小高峰，你再找找看嘛。"

"这叫基层锻炼体验第一线工作，懂不懂？你看人家高级领导在上调之前都在地方锻炼个一年半载的，为的是体察民情树立威信。我也是公司的储备干部，跑完这三个月，哥们儿就去办公室了。你以为我真的每天走街串巷送快递啊。"

"哦，这样啊。"萧飞悬着的心总算踏实了一点，"那你早说啊。连个招呼都没打，一下子从上海跑回来，一下子找到了工作，成了神行太保了你。"

"我要是神行太保就好了，一念咒语两条腿一抬，想去哪儿去哪儿，嗖嗖嗖嗖一车的快递瞬间送完！"

萧飞哈哈大笑："你必须是业界明星，才入职几天啊就三句话不离本行！"

两个人说话就出了电梯。外面天气不错，没有风，没有雾霾，少见的蓝天，午后阳光洒在身上生出几分暖意，让人有种春天快要到了的错觉。萧飞和董宁并肩走在一起，偷眼看他，虽然身上穿的是快递小哥的工作服，但在她眼里他就像美国队长、钢铁侠、时代战士一样帅。说不清是心情好所以格外中意天气，还是天气好顺便传染了心情，她真希望这条路长得走不完，真希望董宁就这样长长久久地走在她身边。

董宁向来大大咧咧，并不会注意到萧飞这样的小女孩心思——当然了,他要真有这样的观察力,就不会二十年如一日地把她当哥们儿。这会儿他又习惯性地用大手在萧飞的后脑勺上拍了一下,说:"对了,你这几天有周琮的消息吗?"

"谁?"

"周琮。"

"周琮是谁?"

董宁诧异地看了萧飞一眼:"你没逗我吧?"

"你才逗我呢。周琮是谁?你该不会朋友太多,记混了吧。我不认识这个人啊。男的女的?"

"我去,你疯了还是我疯了?周琮,咱们班同学啊,周爱文。"

"天哪,周爱文就周爱文嘛,还周琮。她改名字了?"

"你不知道她改名字?刚上大学就改了!"

萧飞翻了个白眼:"好吧,这么多年了,我连她改名字了都不知道,你说我会有她的消息吗?"说着又扑哧一乐,"周琮,文绉绉的,是比周爱文儿典雅多了。"萧飞故意加重了"文"字后面的儿化音,带着特有的胡同混混的俏皮腔调。

董宁被她逗笑:"行了你,从小你就爱挤对她,人家又没招你没惹你的。"

"她是你的女神,可不是我的。从初中到高中你老兄单恋六年,她连句痛快话都没有,不点头也不摇头,我这当兄弟的替你不值啊。"

"不摇头就是好事,不摇头说明还有点头的可能。六年我都等了,大学四年我也熬了,十年啦,马上就见证奇迹了!"

"十年之前，我不认识你，你不属于我，我们还是一样，陪在一个陌生人左右……"萧飞荒腔走板一通乱唱。

董宁被她气笑，抬起手来假装用力其实非常轻地在她后脑勺上拍了一下说："别乱唱，这不马上十年了吗，你该改口叫嫂子了！我有预感，这次我跟她一起回北京，我们的好事儿就快成了！"

萧飞看着董宁那张自信又激动的脸，不敢再泼冷水。事实上，她也从来不曾泼过他冷水。他们认识多少年了？打记事起就常伴左右，幼儿园在一起，小学、初中、高中，影子似的不曾分开过。从小到大，董宁想做什么，她都支持他。同样，她想做什么，董宁也都支持她。家里台球厅（如果两张破台子支在临街也算得上台球厅的话）开张的时候，萧飞比台球桌高不了多少，她好奇想学，妈妈偏不让。在妈妈看来，那是街头混混、不良少年才玩的东西，为了挣钱搭台子那是迫不得已，自己的孩子万万不能碰。可萧飞的好奇心就像弹簧，妈妈压得越紧，她的反弹力就越大，自己看电视看别人打球，无师自通就练了一身本事。那时候最好的陪练就是董宁。董宁总是说"你行的"，只三个字，萧飞就觉得自己无所不能。一个家境窘迫又没有亲生父亲守护的女孩，不自卑是很难的，董宁给了她亲哥哥一样的呵护。也正是因为这样，她不愿意董宁在周爱文那里当一个永无出头之日的备胎。

说起周爱文，董宁说萧飞挤对她。真没有。她是跟萧飞完全不同的人，家庭美满，生活优渥，长得美，学习好，又会写作文，小小年纪就在杂志发表文章，重要的是，她是从"外地"来的，说着一口绵软细滑的南方口音的普通话。萧飞在书上学会了"吴侬软语"四个字，却是在

周爱文的身上切实感受到这四个字四两拨千斤的奥妙。那时候，初一刚刚开学，她幸运地跟董宁进了同一所中学的同一个班级。其实这也不奇怪，中学是按片区划分的，年级里大部分同学都是小学同学，这让孩子们之间毫无生分、容易相处，可也正是这样，少了新鲜感——天知道，对于十来岁的孩子来说，新鲜感这玩意儿有多重要。周爱文就在这时像"海外仙客"一般从天而降，来到董宁和萧飞的班级。班上二十几个男生齐刷刷围住这个说话柔声细气、留着过肩长发、像"日本小孩"一样穿黑色学生制服戴红领结的新同学，就差齐声高唱"天上掉下个林妹妹"了。而女生呢，班上的"大姐头"冷笑说"给她点颜色看看"，萧飞则凭直觉判断，自己和董宁的坚固同盟从此要有裂痕了。

果然，董宁和其他"俗气"的男生一样，开始围着周爱文转圈，就像行星绕太阳。

周爱文是随做生意的父母过来的，新家刚刚装修好，并不在学校附近，她是"走后门儿"入学的，大家都这么说。但这并不妨碍她的受欢迎指数，相反，大家更多了几分羡慕的眼光看她，女生多了些窃窃私语，男生则像得到了新玩具一般亢奋得恨不得多生出一只眼睛来看她。于是，每天放学后，周爱文和大家一样骑单车回家，左右就多了一群"顺路"的骑士。别人也就算了，萧飞不在意，董宁也俗不可耐地玩起了护花使者的把戏。以前他都是跟萧飞一起回家，现在他往相反的方向——周爱文家的方向——跟屁虫一样地跟过去，把她送到家之后再回自己家，为此连跟萧飞一起写作业的保留曲目都取消了。他还振振有词地说："咱们都是初中生了，放学一起写作业这种小学生才做的事太幼稚了,该换换花样。"呵呵,初一的学生能比六年级的学生成熟多少?花样?他的花样哪有周爱文的花样多,护花使者们在一个月之后统统光荣下岗——周爱文的妈妈买了小汽车,每天按时接女儿放学回家。萧飞从来不羡慕别人有权势有金钱或者有颜值,但是她不得不从心底感慨:"人跟人的差距怎么就这么大呢。"然后自己拿把扳手紧一紧松掉的自行车链条。

"萧飞!"

萧飞正陷在回忆里,忽然听到身后有人叫她,扭头一看,竟然是晏景和。

"你这步子迈得真够快,就一趟电梯的时间,走了这么远。"晏景和只在病号服外面披了件轻薄的羽绒服,鲜艳的橙色,阳光下就像一瓶灿烂的"鲜橙多"。

"有事吗?"萧飞惊讶地问。

"没事啊,就是想你啊。"

萧飞被他的一张贫嘴磨得没了脾气,佯装生气,转身要走。晏景和连忙揪住她的羽绒服帽子说:"不开玩笑了。我这好心跑出来给你送手机,你还给我后脑勺。"

"什么?手机?"

"你的。"晏景和递过来一部旧得外壳都有点掉漆的手机,"落我病房里了。"

萧飞先是一愣,随即"啊"了一声:"我真是太粗心了,我怕在病房里吵到你,就掏出手机关了静音,然后顺手放在一旁的小桌子上了。感谢感谢!"萧飞伸手去接,晏景和却利落地一收手,问道:"怎么谢?"萧飞暗自叫苦,怎么这一中午的工夫欠了他两个人情。还好晏景和没有继续刁难她,看她眉毛撇成八字,就把手机塞到她手里。"逗你呢,快拿着吧,你买的名牌头盔,店主要给你返五块钱,跟你要支付宝账号呢。"

萧飞只觉得五雷轰顶,抢过手机,恨不得伸手去捂晏景和的嘴。可惜她不敢去捂,那个大嘴巴还在继续嘚啵嘚:"你买头盔干吗,又不骑摩托车?"

"没你的事儿你别瞎打听。"萧飞真急了,也忘了保持距离,伸出双手去推晏景和的肩膀,使劲儿往病房的方向推他。"你还是病人呢,穿这么少跑出来是会加重病情。你快回去。这个人情我欠你的,以后努力还给你!"

"你紧张什么啊,是买了头盔送男朋友的?你男朋友是飞车党啊用这么炫酷的头盔?"晏景和的碎嘴还没闭上,萧飞已经使出九牛二虎的力气推他走开了,恨不得就地找根针把他嘴巴缝上。

"好了好了,别推了,我知道不小心当了电灯泡,我走我走。"晏景和连连讨饶,萧飞这才停手。"你快回病房吧,我还有要紧的事!"说完调头就走。

"那人谁呀?"董宁还在原地傻傻地等她呢。

"一个烦人精!"

"哈,不对吧,好像有点暧昧哟?"

"暧昧个屁！"萧飞只觉得后脊梁冒火，就像贴身穿了件羊毛背心。

"小兄弟，我还是第一次看你这么脸红脖子粗的，别否认，是追求者吧？还不快快从实招来！啊，真是岁月催人老啊，一转眼，我这小兄弟也到了谈情说爱的年纪了。"说着他又想拍萧飞的脑袋，萧飞却飞快地闪开了。

"都说了是个烦人精，我跟他没关系。"

"没关系你还去探病，撒谎都不会！住VIP病房，应该来头不小啊。我没看太清楚，不过第一印象还行，长得不丑，配得上你。说说，认识多久了？"

"有完没完啊！"萧飞真急了，脸涨得通红，声音高了许多。

董宁了解她的脾气，马上切换了话题："不过话说回来，你买头盔干吗？"

"头盔……什么啊。"萧飞下意识地把手机往口袋里使劲儿塞了塞，以往她最爱"好评截图返现"这种活动了，这次恨它恨到骨头里，"是胡同里刘二婶家的小孙子，买了第一辆自行车，我答应他送他一个自行车头盔做圣诞礼物。你们这些人想东西的，就知道情啊爱呀的。"萧飞说完这句暗自松了一口气，干得漂亮萧飞，撒谎撒得滴水不漏，早知道有这本领应该去从政。

董宁果然信以为真了："什么？刘二婶家的小孙子都能骑自行车了？怎么我的印象里他刚过完满月没多久啊。"

"哈，你看，你是少小离家老大回啊，这都三年了，你除了寒假回来过春节，其他时间都在上海守着你的女神，完全忘记了养育你的父老

026

乡亲。该打！"萧飞说着往董宁的胳膊上重重捶了一拳。

"确实确实，我认打！"董宁在刚才萧飞打的位置自己又补了两拳，"回头我也给小家伙买个圣诞礼物，他满月的时候还在我身上撒过尿呢。真是把我当亲叔叔啦。你买头盔，那我就买护具吧。"

萧飞笑得合不拢嘴，是她认识的董宁，分开几年，依旧阳光可爱，又多了几分成熟的男子汉气概。她喜欢的男孩是什么时候变成男人的？是从懂得关心别人开始的。

幸福
是别人的,

我什么都
没有

💧

晏景和回到病房，出院手续已经办好，就等他缴费签字。他换下病号服，拿着单子懒洋洋地去交费处，一时兴起，决定去这个医院的外科病房看看。那里有个他羡慕又嫉妒的男人，也有个让他爱得快要生出恨意的女人。

凭晏景和的笑容和甜言蜜语，打听到马天越的病房号绝非难事。其实最初住进医院，他心里就有小算盘，想着时不时到外科溜达一圈，跟戴安来个浪漫的"偶遇"。可惜事与愿违，他的主治医师偏说他的咳嗽容易传染，让小护士们监督他尽量不要到别处走动，况且他正生病，抵抗力弱，再染上其他病就更麻烦了。晏景和制造浪漫未遂，反倒当了"囚鸟"。现在病好了七八分，总算可以出去猎艳了。

马天越住的是单人病房，听小护士说，他已经度过了危险期，正处于康复阶段，"女朋友"每天悉心照顾，用不了多久就能出院了。晏景和生出了更多醋意，这份幸福本该属于他的，凭空杀出个马天越来，他就什么都没了。

大概病人都在午睡，走廊里很安静。晏景和走到马天越的病房前，门是虚掩的，露出窄窄的一道缝，居然传出了没心没肺的笑声，声音那么大，在静悄悄的走廊里显得有些突兀。本来嘛，医院就不是个让人笑得出的地方。晏景和一下子听出那笑声是戴安的，竟恨不得拿手机录下来，晚上失眠的时候听一听聊以慰藉。他愣了愣，透过门上的玻璃往里看，只能看到戴安的背影。她坐在马天越床边，不知道在摆弄什么玩具，笑得前仰后合。马天越靠坐在病床上，头上还缠着纱布，脖子上也缠了，骨折的右臂吊在胸前，左手看上去行动自如，手里正拿着两根彩色的木条。这两个人好无聊，居然在玩小朋友的木条叠叠乐。就听见戴安叫了一声："你这个混蛋无赖小气鬼，自己搭不好就拆我的！"随即站起来举起拳头假装要打马天越，手却在半空改变了姿势，一根食指轻轻戳了一下他的鼻子尖。

　　晏景和记得，她就是这个样子，公共场合是大家闺秀淑女风范，私底下玩得兴起就像刁蛮任性的小姑娘。至于刁蛮任性的程度，取决于她对对象的好感度。想到这里，晏景和更失落了，他不想再看别人的恩爱秀，转身走向电梯下楼付费办出院，还是早早离开这个伤心地吧。他可以随心所欲地跟萧飞开不正经的玩笑，那是因为她是个不相干的人，在相干的人面前，他甚至连句"好久不见"都说不出口。真爱面前，越骄傲的人越卑微。

　　而同样的时间，萧飞也在咖啡馆里盯着一个人，心里默默卑微着。那个人就是周爱文，哦，改名之后叫周琮了。

　　"那么多咖啡馆不去，偏偏来这家，也算是冤家路窄。"萧飞一边用力擦拭手里的不锈钢勺子，一边小声自言自语。

　　"那勺子再擦就漏了。"李超超夺下她手里的勺子，把自己的手机塞到她手里，"来，刚好我手机屏幕脏了，帮我擦擦。"

　　"去你的。"萧飞丢下手机。

　　"你认识她？"

　　"认识。初中高中六年的同学。不过估计她已经忘记我了。"

　　"别逗了，人家大四你大三，怎么是同学？"

萧飞的耳边突然就响起了刺耳的刹车声，要不是高考前那次血腥的斗殴事件和随之而来的飞来横祸，她应该也是大四的学生了，肯定也在为找工作的事情奔忙。她不想跟李超超多说，只胡乱应付了一句："我高三复读了一年，所以低她一级。"

"是吗，哎，你去帮我要个签名呗？"李超超随手从自己的挎包里摸出一本书来，"你看你看，你老同学是畅销书作家呢。"

萧飞瞥了一眼那本书，封面已经有点卷角了，是李超超花一块钱在路边的旧书摊淘来的。封面模特就是周琮自己，穿着有点透的白衬衣，在阳光底下矫揉造作地摆弄头发。书名是《青春比阳光更忧伤》，正是她的风格。萧飞搞不懂她衣食无忧品学兼优，哪儿来的忧伤，是追求者太多赶都赶不走吗？还是钱太多怎么都花不完？在蜜窝里出生的人难道不应该每天躺在钱堆里玩自拍吗，何必总把自己打扮成可怜兮兮的林妹妹。

李超超八卦地说："她真人比照片还漂亮，是自然的还是整出来的？"

萧飞白了她一眼："人家是天生丽质。"然后又补了一句，"断了母乳之后就开始用牛奶洗澡了。"萧飞记得，周琮转学过来的第一个"生日趴"，请了班上的同学去她家玩。房子大得走在里面简直要迷路，有个男同学去了趟卫生间，回来之后举着一桶牛奶一边喝一边说："谁把进口牛奶搁卫生间里了，糟蹋东西！"周琮就带天使般的微笑拦住他说："这是我洗澡用的，应该在我房间里才对呀。一定是保洁阿姨放错了地方，放到公共卫生间去了。"这个男同学被大家嘲笑了一个学期，不过也有厚颜无耻的男生羡慕他一定是误打误撞进了周琮的闺房，还喝了周琮洗澡用的牛奶。

"我去找她要签名，就说你在这儿工作，是我同事。"李超超说着就要行动，萧飞一把拉住她说："怕了你了，还是我去吧。我一定给你要到赠言。"

萧飞攥着那本书走一步退三步，挪到了周琮身边。周琮坐在角落里，正在用笔记本电脑专心写着什么，手边的一杯咖啡还没动过，根本没注意萧飞走过来。所以萧飞用了很轻的声音叫她的名字，她还是吓了一跳，定睛看萧飞，先是一愣，随即笑眼弯弯地说："萧飞？这么巧呀，你也过来喝咖啡？"

萧飞尴尬地指了指自己制服上咖啡馆的Logo（商标），说："我在这里做兼职服务生。"

周琮恍然大悟，随即关切地说："一边读书一边做兼职很辛苦的。你现在大三，功课应该很紧张吧，别把自己累坏了。"

萧飞笑了笑说："还行，应付得来，有些课老师管得不严，逃了，呵呵。"

周琮也笑："这倒也是，我读大三的时候也常逃课，跑到图书馆去看小说写小说。"

萧飞赔笑，心想，要不是因为那场车祸害得我复了一年课，我也应该跟你同时看小说的。"对了，"萧飞举起手里的书，"我同事李超超是你的粉丝，你看，你的小说她特别喜欢，翻来覆去地看，放在包里随身携带都快翻烂了，你给她签个名吧。"

"没问题。"周琮说着从包里摸出钢笔，在扉页上唰唰唰很快写好了赠言和签名。

"她的包那么小，还装着钢笔，想必总要给人签名吧。"萧飞胡思乱想道。

"签好了。替我谢谢她的支持吧。"周琮双手把书还给萧飞。

"你还需要点心什么的吗？这一单我请。"

"不需要了，谢谢，现在还不到吃点心的时间，我怕胖。"

"哦。"萧飞觉得自己每天都负责吃完店里卖不出去的点心真是太丧心病狂了。

"一转眼咱们都好几年没见啦，我今天出去办事，车子在附近坏掉了，我等人过来帮我，就进来坐坐，刚巧遇到你。"周琮边说边摸出手机，"来，我们加下微信吧。"

萧飞迟疑了一下，说出自己的微信号。她才不想看她在朋友圈晒忧伤呢，可是偏偏脑子笨，没想到好的理由拒绝。

"好了，我加你了，你通过一下。以后我就常驻北京了，常联系。"

"怎么，你确定要在北京发展了吗？不留在上海？"

"我原本是想留在上海工作的，我喜欢那里。不过爸爸妈妈都在北京，他们希望我在身边，所以帮我联系了这边的工作。我就回来了。"

萧飞突然明白了董宁死了心要当"快递小哥"的原因。早在十一月的时候，董宁就宣布无论如何都要扎根上海，并且很快拿到了那边一家大公司的聘书，待遇和发展前景都不错。马上要签三方协议了，可是他却反悔了，没跟任何人打招呼，嗖地一下跑回北京，并且以迅雷不及掩耳之势在这家快递公司找到了工作。原来这个死心眼就是在跟着周琮走。当年周琮报考了上海的大学，董宁不顾家里反对，毅然决然把三个报考志愿都填了上海的学校。现在找工作，他又意气用事。这份痴心不改究竟是感人还是害人呀。

萧飞这么一愣神，周琮的手机响了，她接起来，用一种萧飞听不懂的语言应了几句，然后挂了电话对萧飞说："我朋友来了，帮我修车。我先走一步，咱们保持联络。"然后优雅地掏出一百块钱，不着痕迹地塞到咖啡杯下面，收了电脑离开。

萧飞看了看那一百块钱，又看了看周琮的背影，有史以来第一次不想收拾桌子。倒是李超超跑过来，先抢过萧飞手里的小说翻翻扉页，嘴里啧啧称赞"真美真美，字如其人"，然后收起那杯没喝的咖啡和不用找的一百块钱，高兴地说："要都是这种大方的金主儿就好喽！"

萧飞盯着窗外，愣了好半天，突然回过神来："香港话，她说的是香港话。"

回忆的大火
扬起

焦灼的
热风

萧飞犹豫了，要不要把遇到周琮的事情告诉董宁。她拿起手机编辑消息，一个字一个字地斟酌，用什么语气说呢，煞有介事的，还是风轻云淡的？用什么态度说呢，特意告诉他一声，还是无意中说起？她写了删删了写，后来干脆放弃了。也罢，董宁原本就不怎么喜欢刷朋友圈，顶多发句"巴萨万岁"或者"国足吃屎"，就算给他发微信消息他也经常第二天才回。还是以后见了面闲聊的时候随便提一句吧。

没想到，隔了没几天他们就见面了。其实也不奇怪，萧飞撒了个关于"头盔"的谎，必须赶紧圆，所以，第一时间在网上买了儿童自行车的头盔准备送给邻居家的小孩做圣诞礼物。小孩子嘛，被礼物堆积起来的童年总是很幸福的，萧飞自己缺乏这份幸福，很希望其他小孩子比她幸运。她曾经偷偷想过自己如果当了妈妈，会不会非常溺爱孩子，无论孩子提出什么要求，她都会尽量满足。她会使劲儿唱红脸，直到孩子的爸爸黑着脸说"你非把孩子惯坏了不可"。当然，那个爸爸的角色总会被她脑补成董宁。

"快递！"董宁砰的一声把包裹丢在桌子上。

萧飞气坏了，说："我说你这个家伙就不懂得轻拿轻放吗？每次都这么粗鲁，万一弄坏了你不要赔吗？"

董宁笑着说："你这种钢铁女侠会买什么易碎品，从小到大连饭碗都没见你用过陶瓷的。"

还真是，萧飞从小就用搪瓷饭碗，这不奇怪啊，小孩子都这样。幼儿园里，董宁他俩一人一个小碗比赛看谁吃得多吃得快——往往是萧飞胜出。可是后来小孩子都长大了，萧飞不再用搪瓷碗，却用了不锈钢

036

的。那是萧妈妈从市场淘来的，不锈钢碗盆碟子一大堆才几块钱，妈妈说这个摔不坏又耐磨损，比陶瓷的实用。

萧飞被他噎得无话可说，憋了半天才挤出一句："那怎么，我就不能买点花盆种个多肉什么的吗？"

"种什么？"董宁眼睛瞪得圆溜溜，憋着坏笑，然后伸出手在萧飞肉嘟嘟的脸蛋上捏了一把，"你要种自己？还种在花盆里？那得多大的花盆啊！"

"再挤对我，我真生气啦！"萧飞说着生气，脸上却满满都是笑意。真奇怪，别的女孩子都希望男生夸自己美、白、瘦、仙，萧飞从来没这么期待过，反倒是越被"虐"越高兴。当然了，虐她的人必须是董宁才行。以前来台球厅的小混混跟她开玩笑叫她"黑八"，被她撵着打了半条街。

"你俩在这儿捏来捏去打情骂俏还挺高兴！"李超超噘着嘴过来。

"胡说八道，谁打情骂俏了。"萧飞看她脸色很难看，"你怎么了，不舒服吗？"

李超超朝里面的位置看了一眼，没好气地说："那边有俩客人坐了半天什么都没点，还很大声地说话，说着说着从口袋里一人掏出一瓶'小二'喝上了。我过去提醒他们这里是咖啡馆不能喝酒，他们一身酒气，说偏要喝。气死我了。"

"你别生气，我去看看。"萧飞自认从小就从事"服务行业"，各种地痞流氓胡同串子见得多了，她不怕，也有办法。还以为这套本领在安静高雅的咖啡馆是用不到的，没想到也派上了用场。

果然，那两位客人占据了里面一个四人座，羽绒服和毛衣都脱了，只剩下打底的秋衣，看起来很不修边幅。两人明显都喝高了，红光满面，酒气熏人，还人手一瓶"小二"正一边碰杯一边吹牛："你的事儿就是我的事儿，咱哥儿俩谁跟谁呀！"另一个说："有你这句话就行了，那五千万我一准儿打你卡上。"不用问了，典型的侃爷，除了吹牛皮不会干别的，再多喝几杯就要去买私人航母了。

萧飞强忍着笑，尽量保持礼貌地说："二位爷，我们这儿是咖啡馆，不卖下酒菜，耽误了您二位的酒兴可不好。隔个门儿就是一家酒吧，酒多，下酒菜多，谈大买卖的人也多。要不您换一家？"

那两位正吹得兴起，听萧飞这么说，一下子就不高兴了，原本声音不算太大，这下彻底放开嗓门嚷嚷起来："怎么着，撵我们？"

"不敢不敢。就是怕我们这儿的点心不合您口味。要不您来份牛排？炸鸡也行。"

"不要，什么都不要，哥们儿干喝。"

"那不好意思，我们这儿不提供免费座位。"

"瞧不起人是吧，你怕哥们儿不给你小费是吧？知道你们这群贱婢就靠小费过日子呢，给人赔笑脸儿，把人哄高兴了完了走的时候扔你们俩小钱儿，你们屁颠儿屁颠儿高兴得跟狗崽子似的，要是屁眼儿上头有根儿尾巴你都能摇起来。"

话说到这个份儿上，谁都不会忍了。咖啡馆有客人起身结账离开了，还有人朝这边看，甚至有人拿出手机开始拍照录像了。萧飞原本是过来息事宁人的，反倒添了一把柴把火烧了起来，于公于私她都有点挂不

住面子,这暴脾气也就噌地一下烧了起来。她原本是很恭敬地站在桌边,略微有点低头弯腰的,这会儿,头还是低的,腰还是弯的,但是伸出两只手,"啪"一声拍在了桌子上。

"今儿我还就当看门狗了,"然后她抓起其中一个人团着堆在桌子上的羽绒服,一把塞在那人怀里,喊道,"你们快点儿滚,要不然吃不了兜着走。"

萧飞个子不高,醉汉虽然坐着,但看得出身形不小。他大概想不到这小姑娘发起脾气来眼睛里会冒火,就像真有一条哮天犬附身了。他先是愣了愣,随即又放肆起来:"怎么着,你还要咬人哪?你打我呀,有本事打我呀,我还真不信了。"

他话音未落,已经有只大手伸了过来,抓住他的胳膊往外拽。正是董宁。董宁也不废话,只说:"走,想打架咱们出去,在店里撒泼放赖不算男人。"

另外一个醉汉看同伙要吃亏,站起身就要过来打董宁。萧飞怕董宁吃亏,干脆直接上手推了那人一把。他原本就酒醉,又没防备,被萧飞一推,跌跌撞撞摔坐回座位。这下他夯毛了,大声嚷嚷起来:"还有没有王法?你们这什么咖啡馆,是流氓开的吗?动手打人?等着我打110拘你们这帮兔崽子!我让你们关门!"

董宁已经跟另外一位拉扯着往咖啡馆门口去了。萧飞想追过去,又怕另一个闹事,只好原地站着看住他,好在他只是喊着要报警,并没有行动,只是坐在那里拍桌子瞪眼瞎叫唤。李超超已经吓坏了,她急着去安抚其他桌上的客人,不断鞠躬赔笑脸,央求那些拍照录像的人放下手机,许诺都免单。

坐下的那个醉汉声音渐渐小了,好像恶心起来要吐的样子,萧飞又气又急,冲他吼道:"要吐出去吐,别脏了我们的生意!"那人倒像是迷糊了,真就晃晃悠悠站起来朝外走。萧飞顺势在一旁护着他,生怕他动手碰到其他桌子上的客人。有惊无险,他走出门去,一猫腰吐了一摊。

萧飞顾不上他,一心只想着董宁。两个已经揪扯在一起拳打脚踢,自然招来很多人围观。咖啡馆左邻右舍都是店铺,路人好奇围观,许多店里的人也趴在临街的玻璃窗上朝外看,不少人都举着手机。醉汉身强体壮,力气上有优势,不过董宁也是高个子,并且是运动健将,从小没少跟胡同孩子摸爬滚打,大学里还练过跆拳道,打起来并不吃亏。萧飞这时候除了董宁的安危,一切都不在乎了,并不劝架,却在一旁指挥他该朝哪儿出拳——打架亲兄弟,这是他俩从小的默契。

呕吐的那一个吐痛快了,似乎清醒了些,回过神来发现自己的兄弟正在挨揍,捋胳膊挽袖子就要参战。萧飞急了,也要往上冲。正在这时,隔壁酒吧的老板和两个小兄弟过来拉架了。这三个人都是膀大腰圆的东北汉子,大概对拉架这件事很在行,三两下就把他们分开。"有啥事儿说不清楚啊还动手?"一声断喝,解决了很大问题。

动手的醉汉还想往上冲,酒吧老板眼睛瞪得溜溜圆大声吼了一句:"你再吵吵?!"

还真有用,醉汉酒醒了一半,嘴却不让步,喊道:"小子你有种,你个破送快递的,跟我这儿装大尾巴狼,你等着!"

董宁原本已经冷静了些,听到"破送快递的"几个字,火气腾地一下又冲上来，嘴里喊着："我就送快递我怎么了，哥们儿还就不信了打不服你今天！"话音一落又要往上冲。

酒吧老板真急了，脖子一粗大吼一声："都他妈有能耐啊，都找削是吧？"

萧飞紧紧拽住董宁的胳膊，说："算了算了，就这样吧，别再把事闹大了，让刘老大解决。"刘老大从来没说过真的名字，大家都喊他刘老大，附近一带有不少他的传说，说他想当年在东北也是响当当的人物，后来经受了一次大风浪，险些家破人亡，才告别江湖，走了"文艺路线"，来北京隐姓埋名开酒吧。萧飞刚来做服务生时就听李超超讲过他的八卦，她只恨自己反应迟钝，要是一开始就去请刘老大来摆平这两个扫把星就好了。

刘老大的威慑还真管用，看热闹的人很快散了，两个醉汉好像也清醒了，许诺马上走。萧飞拉住董宁上下左右认真检查了一遍，虽说打架占上风，却也挨了几拳，颧骨隐隐有些发青，嘴角有血渗出来。萧飞只觉得心都快碎了，她怎么这么笨，让董宁卷到这样荒唐愚蠢的事情里来，早年的教训都忘了吗？高三那年那场噩梦闭上眼睛还历历在目，她曾经暗自发过誓不再让董宁为她流一滴血，可如今他又因为自己挂了彩。萧飞两只手紧紧抓住董宁的衣袖，泪花不断在眼眶里打转，一遍遍问："董宁你要不要紧啊，咱们去医院吧？"

董宁往地上啐了口唾沫，用手背蹭了蹭嘴角，咧嘴一笑，说："笨蛋，又没受伤，去什么医院啊。早上刷牙还出点血呢，我这是缺乏维生素，一会儿你请我喝杯鲜榨果汁就好了。"

萧飞很想配合他笑一下，可是眼睛一挤，笑没挤出来，眼泪反倒吧嗒掉了下来。反正已经忍不住，索性不再忍，她放任眼泪涌出来，话也说不出，只剩嘴唇不断抖，泣不成声像个小孩子。董宁急了，两只手捧着她的脸不断帮她抹眼泪。"笨蛋，哭什么啊，我又没死。"不说这句还好，话一出口，萧飞哭得更凶了，索性扑到董宁怀里号啕大哭起来，恐惧、自责、后悔都交织在一起，还有恶心，她恶心自己，为什么这么笨，一点小事都摆不平，还怎么出来混，怎么许给心爱的人一个幸福的未来。

董宁能够猜得到她为什么哭得这么凶，不再多说，只是轻轻拍着她的后背说："傻瓜，我没事，我好好的。"

看热闹的人都散尽了。刘老大以为萧飞就是害怕，所以对董宁说了句"好好安慰安慰，小姑娘吓坏了"，就回了自己的酒吧。咖啡馆门口就像什么都没发生过，只留下一对相互依偎的年轻人，被现实的火星点燃了火种，任回忆的大火扬起一阵焦灼的热风。

过了好一会儿，萧飞才止住眼泪，从董宁的怀里抬起头来。董宁逗她说："红眼兔子，哭够了没？哭够了就去给我榨果汁吧？"

萧飞撇了撇嘴算是笑了，但是笑得很难看："进去吧，我请你喝果汁。喝多少都行。还有点心吃。"

"这才像话，你不知道为民除害多消耗体力！"

两个人回到咖啡馆时，李超超正在吧台后面团团转。店里已经恢复了平静，但是今天的营业额算是泡汤了，马天越住院期间账目一直是由李超超负责的，今天情急之下她向客人许诺"免单"，可现在冷静下来

042

她觉得自己牛皮吹得有点大。老板会把所有损失都算在她头上吧，如果赔钱，她是应该赔全部，还是跟萧飞五五分？可免单是她提出来的，萧飞没有参与，她和她的同学还把醉汉赶了出去，没有过错反而有功劳，老板是不会罚她的……李超超正胡思乱想，看到萧飞肿着眼睛和董宁一起进来，才知道事情彻底解决了，立刻迎上来问："怎么样？你俩受伤了没？"

董宁大大咧咧地拍拍胸脯说："对付个把醉汉岂能伤到我？"

萧飞吸吸鼻子说："超超，要两杯鲜榨橙汁，两块黑森林蛋糕，钱我来付。"她掏出钱包来付账，董宁拦住说："行啦行啦，客你请，钱我付，怎么能让你掏钱。"

萧飞的倔脾气立马上来了，说："说了请你，这点儿心意你必须要收下。"

董宁的手重重往她的手上一压："钱不是你的心意，你的心意是，永远记得我吃啥都要吃双份，哈哈哈。"

虽然他的手只在她的手上停留了一秒钟，萧飞却觉得从指尖到心间蹿过一股热流。她又想哭了。她的心意他都懂，还求什么呢。人的一生会遇到很多人，仅仅知道名字的人、简单接触的人、有些了解的人、共事多年的人，都多得数不清，能够"懂"你的人或许只有一两个，偏偏那人又是你最在意的人，这样的概率千金不换。想到这些，萧飞觉得自己这么多年甜蜜又绝望的暗恋都是值得的。当然，董宁又没有注意到萧飞因为太幸福而娇羞地低了一下头，他只顾着掏出钱包来低头数钱。

这一切都很自然，自然到不会有任何人留意细节，所以当危险悄然降临的时候,没有谁能做出快速的应对。

低头数钱的董宁只觉得自己的肩膀在后面猛地被人拽了一下,他很自然地一回头,完全没有看清楚,只感觉到有个非常坚硬的东西啪地一下拍到了自己的头上。紧接着,温热的鲜血像条大虫子从额头爬到鼻梁并且一直蜿蜒向下,滑到他的衣襟。与之相伴的,是一句带着酒气的骂声:"小兔崽子,破送快递的,跟我耍横!"

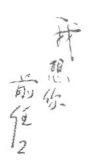

你居然说,

爱心是
虚的

💧

事情发生很久之后，萧飞一直试图回忆那天的细节，奇怪的是，她完全想不起来。很多年了，她都记得高三夏天在台球厅的那场恶战，记得每一句叫骂每一处伤痕，却想不起来咖啡馆的这次偷袭。发生得太突然是一个原因，她想，也许更重要的原因是她完全放弃思考了，其他一切都不重要，哪怕有人砸场子抢劫咖啡馆她都不在意，她只关心董宁有没有受重伤。这是一种本能，肉麻点说，是一种叫作爱的本能，如果丧失这种本能，她宁可不曾为人。

后来李超超告诉她，那个醉汉调回头来不知道从哪儿抄来一把扳手，趁董宁不备给了他一扳手。董宁一下子就昏倒了，萧飞疯了似的冲那个醉汉扑过去嘴里还大声叫着"我杀了你"，连打带踹把那个人推倒在地。李超超吸取了教训，马上跑去酒吧找刘老大，还打了110。刘老大带人拉起萧飞，110的人随后赶到，带走了那个醉汉。好在董宁只是被打蒙了，昏迷了一下，很快就醒了过来。李超超已经拨打了120，萧飞硬把他塞进了急救车。

"董宁，你认识我吗？"萧飞紧紧攥着董宁的手。

"你是萧飞呀。你以为我被打傻了？"

"别贫嘴。那你是谁？"

"瞧你这问题问的，不知道的还以为你的脑袋被敲了！"

"你好好回答问题！"萧飞也发觉自己有点儿前言不搭后语，但实在太害怕了，想扒开他的头发看伤口，又怕弄疼他，更怕不小心加重伤情。急救车上的医生帮他清理伤口，她仗着胆子看了一眼，血流了很多，伤口外翻，翻开的皮肉像一双大红唇，太吓人。倒是医生比较体

046

贴，隔着大口罩冷静地说："不用害怕，这点伤不算什么，我们一天得处理十个八个，哪个都比这个严重。刚才，就他躺的这儿，"医生的手拍了拍董宁身下的简易床，"腿断了一条，肋骨断了三根。我看他呀，都不用上医院。"医生说的是大实话，萧飞却更紧张了，小声嘀咕着："他伤的不是大腿不是肋骨，是脑袋，看见的伤是小，里面看不见的伤才是大。"

医生笑了："这小姑娘还真细心，得，算我没说，你说得对，去医院拍片子是正经事。"

"还拍片子？别瞎耽误工夫了吧，我现在都能上场踢球信不信？"董宁从小就烦去医院，听医生这么说就急了，忘了医生正在帮他清理伤口，挣扎着就要下车，一下子碰到了伤处，"嗷"地叫唤一声。

"老实点儿！"这回轮到医生严肃，"伤倒是不重，不过你也不能不当回事儿，该缝针缝针该上药上药。"医生一边说一边开始打麻药，"这么帅一小伙子也就别顾忌形象了，伤口旁边的一圈头发我给你剃了啊，老老实实顶几天纱布，等伤好了去找个什么造型师给你弄个好看的发型！"

这话要是放别人身上萧飞非笑出声不可，但此时此刻，看着麻醉药的大针头硬是往董宁头皮上扎，董宁虽然拼命忍着可是眉毛还是牵到了一起，萧飞的心都要碎了。

董宁一边缝针还一边跟医生臭贫："我打小儿就皮实，没怎么进过医院，小时候淘气打架受点小伤抹点儿唾沫就好，这回居然在脑袋上缝针，人生还真是一下子丰富了。"

047

医生也是爱逗，顺着他的话说："有这话就行，可得记着是我帮你丰富了人生。"

萧飞完全笑不出来，董宁是第一次脑袋缝针，但缝针可不是第一次。第一次是七岁吧，萧飞学骑自行车，董宁学得早，学会了教她，小师傅似的像模像样。那会儿家里穷，很少有儿童自行车，小孩子学骑车都是用成年人的自行车，女孩骑"二六"，男孩直接就"大二八"，够不着车座就卡在车梁下面骑，又滑稽又危险。当时萧飞骑的是爸爸留下的旧二八车，她又个子小，两只手把着车把两只脚蹬车，一晃一晃的总是要倒的样子。董宁就在一旁给她鼓劲儿，跟着她一路小跑。就在萧飞觉得马上就要学会了的时候，车轱辘压过一个小石子儿，连车带人都倒在了一边。董宁这个傻孩子，自己完全能跑开的，却异想天开地想要学电视剧那样冲上去推开萧飞。结果就是萧飞和车完全压在了他的身上。那会儿是暑假，天正热，孩子都穿小背心小短裤，董宁也不例外。二八车的车闸是电镀的，边缘非常锋利，就像刀切西瓜一样哧啦一下划开了董宁光溜溜的小腿，也是皮开肉绽如同一张血糊糊的大嘴。那个夏天，萧飞怕极了红色，一闭眼就是董宁血淋淋的小腿。而董宁丝毫不在意，还把缝针的经历到处跟同学炫耀。"有过伤疤就算男人了。"很多人被他的歪理折服，羡慕他的阅历丰富。

伤口处理好，已经到了医院。

急诊医生给董宁开了单子让他去拍片子，他不想去，萧飞硬要他去，两个人正在大厅争论，突然听见有人喊萧飞的名字。循声一看，居然是戴安和马天越。戴安推着坐在轮椅上的马天越，两个人气色都不

048

错,尤其戴安,打扮得漂漂亮亮神采奕奕,若不是马天越被纱布缠着,这两个人简直像在逛商场,哪里是刚刚做完大手术的病人及其"家属"。

"萧飞,你不好好在店里上班,过来看老板?"

直到戴安问出这句话,萧飞的脑袋里才有了"董宁"之外的事情。糟了,今天出了那么大的事,她一门心思只关注董宁的安危,完全把咖啡馆给忘了。要怎么跟老板解释,醉汉闹事,险些闹出人命,流了血还报了警?

倒是董宁嘴快,直截了当回答戴安:"你就是萧飞的老板吧,我是萧飞的发小儿,我叫董宁。今天你家咖啡馆有俩人闹事,我跟他们打架了,但是是在店外面打的,没伤到店里一个杯子。可能有点负面影响,但都是为了维护咖啡馆的利益,萧飞也是豁出去了,做的一切都是为了店里好。你可别批评她。"

戴安笑吟吟地看了看董宁,不接话,反问萧飞:"这就是你那个……嗯?"眉毛扬了扬算是提醒,"名牌头盔?"

萧飞恨不得吞了自己的舌头,当初真是脑袋进了猪油,干吗把戴安当"闺蜜"跟她讲这些,还把头盔的事拿出来说,那可是她精心准备的秘密礼物。

"马总,戴总,我先承认错误,今天店里来了两个客人,喝醉酒了闹事,我一时冲动跟他们发脾气把他们惹急了。这位是董宁,是我的好朋友,刚巧在店里,怕我在两个醉汉跟前吃亏就跟他们动了手。影响了店里的生意,我认罚,你们怎么处置我都可以。不过,"萧飞手里紧紧攥着医生给董宁开的CT(电子计算机断层扫描)单子,"这哥们儿脑袋被人敲了,我得赶紧带他去拍片子,忙完他这边,你们再处置我行不行?"

戴安没说话,倒是低下头拍拍马天越的肩膀说:"我说什么来着?记得,你输我一顿火锅!"然后坏笑着冲萧飞说:"别怕,赶紧带董宁去拍片子,不严重最好,有情况的话打我电话,我帮你们想办法。"然后转向董宁,说:"小伙子,干得漂亮,医药费我全部报销,让萧飞把我电话告诉你,以后有事儿就说话。我喜欢你!"

萧飞如蒙大赦,高兴地说了句"谢谢戴总",然后挽着董宁的袖子连拉带拽把他拖向CT室。董宁好奇,不停地问:"这姐们儿谁呀?又美又酷!相见恨晚呀。"萧飞脚步轻快得几乎要飞起来,就像戴安能保佑董宁平安无事似的。

看着董宁和萧飞的背影,一直沉默的马天越说话了:"合着我店里出了这么大事儿,都见血了,警察都招来了,我一点意见都没机会发表,你就大赦天下了?"

"你还想发表什么意见?"戴安把他推到电梯口。

马天越没急着答话。他总是这样,插科打诨的时候话一句赶一句快得很,真要发表意见了,一定会斟酌再三,话题越严肃,沉默的时间越长。说不清是好事还是坏事。戴安曾以为这是好习惯,因为太快说出口的话可能不假思索,容易被情绪左右夹枪带棒伤了人;可是时间久了,戴安开始有窒息感,因为往往这段沉默带来的是相反的意见,甚至是很不中听的意见,而她最不喜欢这样的意见从心爱的人口中说出来,这太容易让人心凉。

电梯打开，人陆续出来，进去的只有他们两个。平时都是戴安按楼层按钮，这次马天越自己用力抬了一下手，按下了病房楼层。戴安心里咯噔一下，细小的变化让人敏感，她的爷爷当过不小的领导，最擅长用这样的小动作给下属施加压力，戴安懂的。

电梯中间停了几次，陆续上了几个人，马天越和戴安都没有说话。敌不动吾不动，这是起码的心理战术。直到出了电梯，戴安终究先败下阵来，开口说："你的意见呢？酝酿好了没？"

马天越没有急着回答，自己驱动轮椅回了病房，门关上之后才缓缓说："我觉得至少应该参考一下李超超的描述。"

戴安嗤的一声笑，说："那个小马屁精没安好心。"

原来，早在萧飞跟随董宁上急救车之后的第一时间，李超超就给马天越打了电话汇报情况。当时戴安正陪马天越在医院的小花园里晒太阳，两个人心情都不错，计划着等马天越伤愈出院之后一起投资正儿八经地做点生意。戴安总说："跟你这种不识货的大老粗谈爱情根本没用，我必须用生意把你拴住，让你意识到没我这个贤内助根本不行。"马天越总是笑说："你这点儿花花肠子这么早就抖搂出来，也不怕马叔叔我见招拆招！"

李超超的电话就在这样的时候打过来。马天越右臂受了伤，拿手机不方便，再说戴安不是外人，咖啡馆的事情他从不避讳她，接电话就直接用了免提。

"马总，"李超超的语气一副十万火急的样子，"店里出大事儿了。萧飞跟客人吵架，她的朋友还跟客人打起来了，警察来了把打架的人带走了。"

"什么?"马天越顿时急了,"哪个萧飞这么大胆子?是那个做兼职的吗?"

"嗯,是她。不过不是她引起的。有两个客人喝醉了,萧飞想把他们赶出去,后来就吵起来了,还动了手。"

"情况严重吗?咖啡馆被砸了没有?"

"没有没有,店里一点损伤都没有,我一直在守着。他们在外面打架,起初被隔壁的刘老大拉开了。后来那两个人不服气,又返回头来报复,把萧飞的朋友打了。"

"哦,人伤得厉害吗?"

"把头打破了。叫了120,萧飞陪他去医院了。"

"警察怎么说?店里生意怎么样?"

"警察把那两个打人的抓走了。店里生意没影响,现在已经正常营业了。"

"我知道了,超超,你好好看店,我问问派出所那边情况怎么样。"

马天越挂了电话,赶紧打给派出所的朋友,问了问相关情况,知道问题不大,才放下心来。戴安安慰他道:"这不算个事儿,你别往心里去。"

马天越嗯了一声,继续在手机里翻找电话号码。

"话说回来,李超超这么小题大做,是急着洗白自己啊,还有邀功的嫌疑。我跟你赌一顿火锅,这事儿错不在萧飞。"

马天越没接话,给隔壁酒吧的刘老大打了个电话,感谢他出手相

助，拜托他帮忙照看一下。挂了电话，马天越已经完全没了晒太阳的兴致，要回病房，这才在大厅巧遇萧飞和董宁。

"戴安，我知道你一直喜欢萧飞这小姑娘，我也挺喜欢，虽然是兼职吧，但是很勤快，很聪明，又有一技之长。但是你不能偏袒她。"

"我偏袒了吗？"

"还不够偏袒吗？事实很清楚了，店里有了突发状况，作为服务生，就应该以'服务'为主，客人再怎么混蛋那也是客人，把人赶出去，不激化矛盾才怪。"

"马天越，你是脑袋撞出毛病了吧，都什么年头了你还用'下跪理论'给员工洗脑？咖啡馆这种地方就应该门户干净，什么渣滓都泡在里面那是澡堂子不是咖啡馆。事实很清楚了，有两个醉鬼到你的店里闹事，你有萧飞这么好的员工，知道维护店里的利益，敢把不守规矩的人往外轰，你应该高兴，怎么反倒说她不对？"

"客人永远是对的。只有服务的方式不对。"

"你算了，就你这理念还想开店，难怪你以前的火锅店会关门大吉。"戴安是随口一说，不过说出来就后悔了。确实，马天越在开咖啡馆之前经营过一家火锅店，那是他第一次涉足餐饮行业，各方面的原因都有，开了不到一年就停业了，几乎赔光了所有积蓄。这算得上是马天越的一次人生滑铁卢，他很不愿提起。当然了，有时两个人心情好了互相揶揄开玩笑，提两句是没问题的，可现在正闹分歧，戴安旧事重提，一下子捅了马天越的痛处。

"没错，我的店关门大吉了，不过这也是我的经验教训。这里是中国,讲的是人情世故,是礼尚往来,不是你的巴黎左岸,遍地都是矫情的艺术家。在那边儿你可以不接待不喜欢的客人,在这边儿只能'来的都是客'。"

"好吧,"戴安叹了口气,"你跟我讲人情世故,那我倒要问问你,你对你的员工有人情世故吗?这件事从发生到现在,你关心过你的员工萧飞吗?你对她讲过人情吗?无论她用什么样的方式服务客人,她都是在维护你的咖啡馆的利益吧?那么你呢,作为老板,你有没有维护她的利益?那个李超超的电话一来,你最关心的是什么?是店。你只关心店被砸了没有,生意还能不能做。你不关心那个小姑娘有没有被流氓伤到,她的朋友有没有受伤。即便刚才你已经看到了那个男孩儿脑袋兜着纱布,你一句问候都没有。你这样当老板就算懂人情世故了?"

"你也说了,我是老板,我第一关心生意是必然的,是本能。"

"你的本能里就没有爱心吗?"

"呵呵,"马天越冷笑了一声,"那是虚的。"

"你居然说,爱心是虚的。"

戴安觉得心寒。他们认识多少年了,四年,还是五年?在别人眼里,她是死缠烂打"倒追"他的傻瓜。裙下之臣不计其数,偏偏对这个离过婚、破过产的"二手货"念念不忘。只有戴安清楚,自己不是傻,只是尊重了"本能"。本能促使她爱上他忧郁的笑容和沧桑的经历,本能促使她对一段"友达以上,恋人未满"的尴尬关系执着了这些年。快乐的日子是有的,没完没了的聊天,对某些事情一拍即合,甚至连脱口而出的话都一模一样。有时她真的相信他就是命中注定的"另一半"。

可越是这样，对"另一半"的期望值就越高，越容不得在大是大非问题上存在分歧。如果他认为爱心这种东西是虚的，那么他会怎样看待她对他付出的感情呢？一种打发寂寞的消遣，还是一种聊胜于无的挂念？

"我没别的意思，你别自己瞎引申。"马天越像是看透了她，说了这样一句。有往回收的意思，但是对于之前的争议，丝毫没有退让。

"我不是敏感多思的人，要不然早被你折磨疯了。"戴安长出了一口气，"我有点累了，昨晚没睡好，今天早点回去休息。"

"哦，那你快回去休息吧，我现在恢复得挺好，你不用每天拴在这儿陪我，怪无聊的。出去玩玩。"

马天越的语气是关切的，也很诚恳，但戴安不喜欢，她更喜欢"你陪我吧，我要你陪我，你不陪我我很想你"。呵呵，想什么呢，说出这种话，马天越就不是马天越了，要真遇到说这种话的"烦人精"，戴安也会一脚把他踹飞。

不如
我们重新来过,

从陌生人
开始

💧

戴安出了医院大厅往停车场走，忽然觉得口干舌燥，想到车里的水早就喝完了，就换了方向往大门口的小超市走，却意外看到一个熟人。按说很多年没见面了，她不会一眼认出他，奈何他那样子太惹眼，让人没法不多瞧几眼，一米八几的瘦高个，穿着十分刺眼的橘红色羽绒服，简直像个成了精长着两条大长腿会走路的果粒橙。更可笑的是，他一只手拿着一个直径至少有十五厘米的彩色大圆片棒棒糖，另一只手正拆包装，还拆得十分认真，看样子很快就要送到嘴里了。收银台的小姑娘不住地捂嘴笑。他还不忘记跟小姑娘贫嘴道："Sorry，让这么漂亮的女士看着我吃东西是不礼貌的。你吃吗？我请你吃。"

"眼镜盒儿，你真是走到哪儿都自成风景啊。"戴安真有点看不下去了，强忍着笑。

晏景和张大嘴正要舔棒棒糖，听到这句话差点儿没把舌头咬下来。

"我去！老天爷，你是故意玩儿我的吧！"他恨不得把棒棒糖揣怀里藏起来。真真是千算万算不如天算，他回国之后费了九牛二虎之力想制造个浪漫偶遇戴安，在咖啡馆里徘徊，在戴安常去玩的会所徘徊，甚至在医院里徘徊，都没成功。今天他回医院来找主治医生复查，顺便拿了点治咳嗽的新药。药要饭前吃，他就随手丢了两粒进嘴里，想着吃完刚好开车回家后可以吃饭。没想到那药苦得杀人，他又最怕苦，立马拐进超市给自己买了根棒棒糖。常年扮演浪漫绅士，就这一次犯二，偏被心中的女神撞见了。

"你不是病了吗？好点没？"戴安拿了一瓶水，一边结账一边问晏景和。

"就这样？"

"就怎样？"

"知道我病得都住院了，都没去看看我。好不容易见着了，就这样轻描淡写地问问？根本就不关心我嘛！"晏景和早在住院的第一天就拐弯抹角把消息透露给戴安的一位密友，那位密友自然很快就跟戴安提起，而戴安传达给密友的回话就是："住院有什么大不了，谁知道他又出什么幺蛾子，我没空去看他。十几年了，死性不改！"

"我没去看你，你不也活蹦乱跳地出院了吗？"戴安忍着笑，拿着水往外走。晏景和紧随其后不满地说："怎么是活蹦乱跳呢？是愁眉不展，是郁郁寡欢，是死不瞑目！"说着还紧咳嗽了两声。

"那你的追悼会记得发请帖给我，我一准儿参加。"戴安依旧笑，脚步不停。

"我说你要折磨我到什么时候？"

"我可没折磨你。咱们多少年没见了？往日无怨近日无仇，我祝你平安还来不及呢。到了这岁数，十几年的朋友可是越来越少了。"

"既然知道珍贵，就得有个珍贵的样子。"晏景和紧走几步赶到戴安前面，张开双臂，"来，来个法式拥抱，再加一个法式热吻！"他手里还攥着大棒棒糖，彩色的圆片儿在阳光下熠熠生辉，跟他的橘红色羽绒服遥相呼应，惹得戴安不住地笑："你够了啊，亏你也是在艺术之都熏陶了十几年，一点儿艺术气息都没沉淀下，还当自己是孩子呢。"

"这不是挺艺术的嘛，多热情啊。"

戴安径直奔停车场。"法式热情什么样，我已经忘得差不多了，京

式热情我倒是门儿清。择日不如撞日,走吧,请你涮羊肉?"

晏景和撇嘴:"西餐多浪漫。"

"不吃拉倒。再见!"

"谁说不吃啦!你今天别想甩掉我!!"

戴安的车刚买了不久,里面什么装饰配饰都没有。晏景和坐在副驾驶的位置,随手拉下了遮阳板。一张大头贴跳了出来,是戴安和一个男人的合照。

"哟,这不是咖啡馆的马叔叔嘛。"

"别乱动!"戴安啪地一下把遮阳板推上去。那是她提车之后,叫马天越一起出去兜风。马天越一辆切诺基吉普开了很多年,试了试戴安的新奥迪觉得挺新鲜。而戴安则有种暗藏的没有说出的小喜悦,这辆车根本就是为马天越而买的,她希望以后的日子都是马天越开车载着她飞驰在幸福的康庄大道上。那天他们玩得很高兴,后来停车的时候刚巧路边有个一次性成像的投币大头贴机器,戴安说:"马叔叔,我们去拍个照吧。"马天越嘴上说着"都多大岁数了还玩小孩子的游戏",却很配合地拍照了。照片照得很简单,起初只是肩并肩,就像两个照身份证照片的人并肩坐在了一起,后来镜头切换的时候,戴安一把扳过马天越的脑袋够着在他腮帮子上亲了一下,马天越被她的调皮逗笑,照片就成了。这也算是她跟马天越最亲密的一次合影了。在这之后没多久,马天越喜欢上别人,戴安心灰意冷准备出国,而马天越开车去机场挽留她,偏偏路上出了车祸。

"东来顺,还是阳坊涮肉?"戴安问。

"有我在,他就是历史了啊。"

"贫不贫啊,问你话呢。"

"随你。"

"那就阳坊涮肉吧,我家楼下就有一家,我先把车停好,咱们还能喝一杯。"

"走着!"

戴安没再说话,专心开车。晏景和也没说话,车里暖风开得足,他用嘴叼着棒棒糖,脱了那件羽绒服,里面只穿了一件衬衣,稍稍卷了一下袖子,然后开始大口吃棒棒糖。戴安斜眼看他,忍不住笑道:"真是服了你,你就那么想吃?"

"很久很久没吃过了。只有国内才有这么齁嗓子又特别容易上瘾的糖,好吃。你要不要尝尝?"说着把满是口水的糖举到戴安嘴边。

戴安骂道:"滚,真恶心!"

"怎么会恶心呢。这么美丽的东西!"晏景和夸张地舔了一下。

戴安收了笑容,问:"说实话,你回来干吗?"

"回来娶你啊。"

"你再贫我踹你下车了啊。"

"我是说正经的。我想你了,下定决心要把你抢到手,娶回家。"

"娶我回家?你跟家人和好了?"

"喊,"晏景和不屑一顾,"四海为家。"

"合着是找我跟你一起喝西北风呗。"

晏景和夸张地拿棒棒糖当麦克风,一只手向着戴安做出邀请的手势,同时怪声唱起来:"让我们红尘做伴活得潇潇洒洒,策马奔腾共享人世繁华!"

"哟,不错嘛,华语歌曲的精髓还张口就来,看来在国外流放了那么久都没忘本。"

"我只记着我在意的东西。"晏景和清了清嗓子又唱,"青春如酒,醉了把你手紧握……"

"闭嘴!"戴安一声断喝,"再唱我真踹你下车了。"

晏景和笑嘻嘻地住了口,并不看戴安,低头转了转小了很多的棒棒糖,对着它小声说:"她没忘。这么多年,她根本没忘。"

"什么忘不忘的,是你唱得太难听,干扰我开车。"

晏景和继续对着棒棒糖说:"你说她这个人怎么也变得不诚实了呢,不敢面对自己的心了呢。明明心里还有火种,偏偏装得冷若冰霜。你说,我该怎么办?"说着斜了一眼戴安,又转向棒棒糖,"要不,咱们直接把她抱怀里,融化她?"

"眼镜盒儿,你诚心气我是不是?再装神弄鬼我真把你扔大街上了。"

"好好好,我闭嘴。"

晏景和真的闭了嘴,不过这次开始目光骚扰。他直勾勾盯着戴安,一动不动。戴安起初没理他,他就一直盯着。后来戴安实在不耐烦,趁着等红灯的时间腾出一只手来一推他的脸。晏景和配合着扭到一边,可是戴安的手刚一拿开,他就又弹簧似的转了回来。

061

"烦人精,你万里迢迢赶回来到底要干吗?"

晏景和不说话。

"哑巴了?"

晏景和还是不说话。

戴安干脆扭过脸去,也直勾勾地看着他。两个人就这么你看我看你。绿灯亮了,戴安依旧一动不动。后面的汽车喇叭响得震天,戴安阴着脸说:"你到底想干吗?"

"我想吻你。"

"滚!"

戴安使劲儿推了他一下,转回头去踩下油门。晏景和又死皮赖脸地笑了:"就是爱听你骂我。后半生就在我身边这么骂吧,别离开了。"

"别忘了啊,你可是放过我两次鸽子。我是个小肚鸡肠的女人,最恨别人骗我。"

"我怎么是骗你呢。我有苦衷你是知道的。你早就原谅我了,只不过刚巧遇到个什么马叔叔,钻了空子,时间上空间上都比我有优势,先一步当了你男朋友。不过我不在意,你终究是我的,我不在你身边的时候,他替我陪陪你也挺好。"

"别哪壶不开提哪壶行不行?"

"好,不提他,不提他,就说咱俩。戴安,你注定是我的人,注定的,你信不信?"

晏景和语气十分认真坚定,戴安不由得心里一动。前面又是红灯,她转头问他:"什么意思?"

"你想啊，"晏景和目光里没有一丝玩笑的意味，"我的姓怎么写？"

"晏？"戴安疑惑地说，"上是日，下面是……"话说到这里，戴安突然发现自己掉进了晏景和挖的坑。

晏景和诡计得逞，哈哈大笑起来。戴安气得转过身举起拳头在他头上肩膀上一顿狂揍。晏景和笑得上气不接下气，忙不迭用手挡戴安的拳头，连棒棒糖都被打落在地。最后，戴安实在忍不住自己也笑出来，边笑边骂道："你个烂人，死性不改，再胡说八道我剁了你！"

话音未落，晏景和猛地擒住戴安的双手，脸上的笑意荡然无存，用一种认真得令人害怕的眼神注视戴安，轻声说："我是认真的。我现在自由了，不如我们重新来过，你就当我是个陌生人，看你是不是还能像当年一样喜欢上我。"

心凉了，
手才会凉啊

萧飞陪董宁在CT室外面等着拍片子。董宁觉得无聊，自拍了一张，随手发到了朋友圈里。一个戴着网兜的脑袋，一张生无可恋的脸，配上一行字："哥们儿也是开过瓢儿的人了。"

萧飞也在刷微信，看到他发这样的自拍，忍不住提醒他说："不怕你妈看见啊？"

"怕！能不怕吗？"董宁把两只手放在嘴边做了个"好恐怖啊"的表情，然后嘿嘿一笑说，"我朋友圈分组的，妈妈爸爸是一组，不适合他们的就不给他们看。我可是到了法定结婚年龄的人了，怎么能每分每秒都活在爸爸妈妈眼皮底下。"他指指脑袋，"要不然，这种事儿发出来，我妈非从手机里蹿出来不可。"

萧飞又难过又想笑，董宁的妈有多厉害，她是领教过的。她多少有些放心了，这家伙能走路又能臭贫，看样子脑袋不会有太大问题。她不再说话，继续低头看手机，忍不住又看了一眼他的自拍照，想在下面说一句面对面时说不出的话。说什么好呢？他俩真算得上无话不谈了——除了埋在心里很多年的那句"我喜欢你"。萧飞正犹豫着，手指头不自觉地刷新了一下朋友圈，董宁那张自拍下面居然有了一条评论——是周琮的。周琮的评论没有文字，只有表情符号，是拥抱的表情。而且她发了三个。

周琮拥抱了董宁。三次。

虽然是在手机上，但是，周琮拥抱了董宁，三次。

萧飞的心漏跳了一拍。她忍不住又刷新了一下朋友圈。董宁几乎是"秒回"。他也没回文字，只是回了三个"可怜"的符号，眼睛里噙着

065

泪水。

　　他居然会卖萌，居然会表现得很可怜。他在萧飞的面前可一直都像大哥一样顶天立地，他居然在周琮的面前表现出她完全没见过的一面。是谁说的，男人不管多坚强，都会在心爱的人面前表现出脆弱的一面。

　　萧飞深吸了一口气，又刷新了一下。周琮又"秒回"了。这次她仍旧没有发文字，还是三个表情符号。那是三个鲜艳的红唇。

　　萧飞的鼻子突然就酸了，眼泪一下子溢满眼眶。吃醋的感觉居然是这样的啊。不对不对。若说吃醋，从初中算起的话，怎么也有小十年了，萧飞从来没有这么激动过。这次是怎么了，人家只不过发了三个，哦不，九个表情符号而已，怎么就让她的世界瞬间崩溃了。萧飞你真是蠢到家了，还以为自己是董宁无话不谈的"哥儿们"，其实人家早就对你有所保留了，说不定也在哪个"分组"里。在分组之外，他晒过合影，秀过恩爱，你没看到而已，还以为董宁不玩微信呢。难怪董宁那么信心满满地说这次回北京可以让她改口叫"嫂子"，人家已经好事做成了，唯独萧飞这个局外人不知道。萧飞你是不是猪脑子，你是不是猪的世界里智商最低的。

　　萧飞的脑子飞快地转了九九八十一转，暴风骤雨一般。董宁说："我进去拍片了啊。"萧飞头都没抬，只嗯了一声。她使劲儿抹了一把眼泪，吸吸鼻子，又刷新了一下朋友圈。董宁没再回复，周琮也没再发评论。他们可能已经转到"私信"了吧。难怪，男朋友突然在朋友圈晒一张头部受伤的自拍，女朋友怎么可能只简单发个符号呢，符号是用来秀给别人看的，贴心话要留在私底下说。这几年，萧飞的的确确一直在心里祝福董宁的,她知道他是真心喜欢周琮,她愿意他的付出有回报。可是眼见着自己喜欢的男孩真与别的女生牵手成功,那份失落沉甸甸压在心头,不是随口说说就能释然的。萧飞不断对自己说:"笑,萧飞;笑,为董宁祝福,为周琮祝福,喜欢的人幸福了,自己也会幸福,不是吗?"可是握着手机的手止不住地发抖,并且越来越凉。心凉了,手才会凉啊。

萧飞只顾着胡思乱想,董宁出来拍她肩头,反倒吓了一跳。

"我拍完了。咦,你怎么哭了?"

"没,没什么,"萧飞使劲儿揉揉眼睛,"担心你啊。万一有内伤可怎么得了。"

"看你。"董宁又拍了一下她的脑袋,"我要真被打傻了,你就养我吧。"

"好啊好啊,我养你。"

"我吃得多,一顿五个馒头。"

"没关系啊,我多做。"

"我脾气不好,脑袋一疼就犯浑。"

"我不怕,我逆来顺受。"

"哈哈,"董宁憋不住乐了,"看你那副认真的小样儿!你那男朋友可有福气啦!"

萧飞知道他不会当真的,只能心酸地跟着笑。好在,检查结果很好,这次打击没有造成内伤,董宁不会变成"傻子"。

"我就说嘛,我吉人自有天相!"他一搂萧飞的肩膀,"不过,更重要的是,家有贤妻,夫无横祸。"

"胡说八道,"萧飞的脸腾地红了,"什么夫啊妻啊的,你别乱用成语。"

"我没乱用啊!"董宁得意地扬了扬手机,"这才叫因祸得福,哈哈,刚才周琮给我发信息问我伤是怎么回事,我们就聊了几句。我趁机约她一起过圣诞节,她同意了。"董宁突然很用力地摇萧飞的肩膀,大声嚷道:"她同意啦!她同意跟我一起过圣诞节了!你知道这意味着什么吗?"

萧飞很努力地挤出一个微笑,有气无力地说:"嗯,意味着你这么多年的守候终于有结果了。"

董宁激动地哼起了《婚礼进行曲》。"等灯灯灯,等灯灯灯……萧飞,哥们儿结婚的时候,你要做我的伴郎啊!"

"嗯,必须的。"她居然是他的伴郎人选。

萧飞的心彻底冰封雪藏了。

当猫多舒服,

偏有人
喜欢当狗

🌢

戴安难得窝在家里睡个大懒觉,自马天越出事之后,她还没睡过一个踏实觉。昨天和马天越吵架负气离开,她发誓他不找她,她绝对不主动和好。正睡得天旋地转,手机突然响了,眼上还戴着眼罩,一只手伸出去到处摸,摸了半天才摸到。

"女人,在哪儿呢?都没来机场接我,怎么半天才接电话?"

听到声音,戴安彻底醒了:"糟了,我彻底把你回国这事儿忘了。"

"除了马天越,你还能记着点儿别的吗?"

"嘿嘿,懂我就好,懂我就好。"

贝西西是戴安最好的朋友,从小一个院子里长大,一个幼儿园里亲过同一个小男孩,知道彼此第一次"大姨妈"光顾是哪天,属于蛔虫型知己。跟戴安不同的是,她大学学珠宝设计,早几年出了国,大部分时间都在国外。前几天就通知了戴安今天要回来,让戴安去机场接她,戴安却选择了"自然醒",让闺蜜打电话打到手抽筋。

"今天聚会吗,还是你要倒时差?"戴安说着从床上爬起来,看了看表,已经上午十点半。

"聚不聚会无所谓,我着急听八卦啊。你跟晏景和见面了没?他为了见你可是煞费苦心啊,还拐了个大弯让我告诉你他回国的消息,我那会儿正陪着我表弟和准弟妹在澳大利亚看袋鼠呢。"

"见了。"

"怎么样,跟你诉衷肠了没有,是不是声泪俱下洗心革面?"

"他是什么德行你还不知道?说好了一起吃饭,半路见了只猫就挪

070

不动步了。"

"这是什么情况啊？哪儿来的不识好歹的野猫，敢跟我家戴安抢男人。"

戴安一声苦笑，说道："还真不是野猫，算他识货，是地地道道的好猫。"

那天，戴安和晏景和在医院巧遇，约了一起去吃涮肉。涮肉馆门前车位紧张，戴安提前把车停回了自己的小区，然后两个人走路去饭店。刚巧，有个人在小区门口卖猫。好一只大猫，又胖又软，全身雪白没有一根杂毛，窝在主人的臂弯里完全不在意自己即将被出卖。晏景和生性贪玩，见到这么漂亮的猫完全迈不动步，站在那里就开始逗弄。戴安就像个家长，看着自家孩子流连在玩具柜台前面不肯走，一点办法都没有。站了好半天，戴安忍不住问："咱这涮肉还吃不吃了？"晏景和转头，用猫一样软绵绵的语气问："我想把它买下来，行吗？"戴安差点没疯了。

贝西西听到这里已经笑到癫狂。"戴安，你就认了吧，你天生就是给人当老妈子的命，照顾马天越不够，又多了个晏景和，我以前怎么没发现你这么有母性光环呢？"

"呸！你少咒我！"

"那后来呢，买了没？"

"不买能行吗？他那么大人有手有脚的，还不说买就买了。他非得说那只猫笑起来像他，跟他有命中注定的缘分。"

"受不了了，我笑得快把手机吞了。"

戴安是完全笑不出来。晏景和身上根本没带那么多现金,而他长期不在国内,手机里常用的那些付费方式他完全不懂,最后只得戴安给他付费。钱倒还好说,她主要是头疼后面的狼狈样子,她在前面走,晏景和像个活动的果粒橙一样抱着一只懒洋洋的大猫。到了饭店门口人家又不让宠物进,央求了半天没用,两个人只好又步行回到戴安家里。戴安累得够呛,塞给晏景和一百块钱让他和他的"肚兜儿"——对了,晏景和给他的新宠物起名"肚兜儿",寓意又贴心又温暖——打车回家,可晏景和又摆出可怜兮兮的样子说:"你怎么忍心让我和我的肚兜儿就这么饿着肚子回家?"戴安只好带着他们去附近的超市买了猫粮。原本是被他那句"不如我们重新来过"感动了一下,想借着吃顿饭好好聊聊天叙叙旧,没想到一只猫把仅有的那点儿温存都赶走了,还不得不伺候这位少爷吃了一顿方便面——光吃泡面还不行,还要加火腿肠,还要煎蛋,单面的。

贝西西笑得前仰后合:"戴安,你完了,你遇到克星了。"

"我也觉得我完了。我上辈子一定是采花贼,欠了太多风流债,这辈子才让这样的浪荡公子缠上身。"

"不过想想也挺好玩的,多萌啊,我怎么遇不到这么好玩的人。"

"怎么遇不到,他跟你联系得比我多。"

"问题就在这儿啊,他在我面前表现得别提多正常了,别说煮面了,端杯咖啡都不让我动手。那个温存体贴啊,我都觉得自己像他的宠物。"

"别说了,我会恨你。"

"你慢慢恨吧,我给你足够时间磨牙。我先回家休息休息,改天约你们俩出来。"

戴安挂了电话,重新窝到床上。回味了一下那天的情景,不由得苦笑。早年认识晏景和,他已经是著名的"养猫专业户",每个认识他的女人都迷恋他的幽默风趣和细腻体贴,都觉得在他身边可以充分享受女人身上的"猫性"。人人都爱他,人人都黏他,也就让他养成了放纵的习性,从来不懂得认真。

手机又响,还以为是贝西西又想起什么事情要补充,看也没看,随手就接听。

"今天没来医院,真生气了?"居然是马天越。

戴安腾地坐起身,努力平静了一下情绪,答道:"怎么我就不能睡个懒觉吗?"

他轻轻笑了一声:"好吧,你睡。睡醒了,帮我带一份馄饨过来怎么样?不着急,我不饿。"

"那好,不饿就好,等着吧。"戴安风轻云淡地挂了电话,却抑制不住地一阵狂喜。这是他主动和好的信号。绷着?她是绷不住的。让他多等一秒,对她来说都是一生的煎熬。都说女人天生有猫性,喜欢被宠喜欢被守护,偏偏有些女人是狗命,伺候别人比伺候自己都周到,主人随便宠一下都激动得头晃尾巴摇。

我多想和你
一起

浪费时间啊

💧

萧飞等着马天越或者戴安"处分"她，却没有任何消息。那次打架惊动了警察，萧飞和董宁都被叫去录了口供，后来那两个醉汉酒醒了，反得不行，态度非常好，生怕被扣上寻衅滋事扰乱社会治安的罪名，主动给董宁赔礼道歉，还掏了医药费误工费和精神损失费，事情就算和解了。萧飞总算有时间为自己担心了，影响那么不好，她的饭碗怕是保不住了，得着手找下一份兼职了。眼看到圣诞节了，接着又是元旦、春节，招兼职的单位肯定特别多，哪怕是在路边扮演圣诞老人或者驯鹿呢，也能捞点油水。可是，提心吊胆了几天，马天越和戴安都没打电话给她，就像什么都没发生过一样。连李超超都小心翼翼地问她："老板找你谈话了没？"

"没有啊，找你了没？"

"也没有。"

"马总的康复要紧，这事儿就过去了吧。"

"但愿是。"李超超长出了一口气，"吓死我了，这要是在春节前丢了工作，我可没脸回老家过年。"

"看你说的，错在我，要辞退也是辞我，怎么会辞你呢。"

"不过话说回来，你那个小男朋友挺猛啊，关键时刻真能替你出头。"

"什么男朋友，我不过是个伴郎。"

"什么？"李超超惊讶地睁着大眼。

"他说啦，他结婚的时候请我给他当伴郎，你觉得我俩可能是什么关系。"

"哈，有创意。不过呢，"李超超拍了拍萧飞的肩膀，"不是我说你啊萧飞，你对那快递小哥的心思，傻子都能看出来，怪只怪你不点破。你多近水楼台呀，二十年的感情基础，一点破就水到渠成啦。他是把你当空气，因为太习惯了反而忽略，稍微一提醒，他就会意识到你是他最宝贵的东西！"

"空气固然宝贵，但也没见谁守着空气过一辈子不是。"

"我说萧飞，你这态度不对呀，怎么觉得你这两天特别消极。"

"连你都看出我消极了？"萧飞仰天长叹道，"我不是消极，只是顺其自然了，我接受现实。"她捏了捏自己的脸，挤出一个笑容，"只要他幸福，我的感受不重要。"

"到底发生什么事啦，他刚为你打架出头去缝了针，你这儿反倒摆出一脸撒手人寰的模样。"

"别乱用成语。什么撒手人寰，简直是惨绝人寰。"

"有那么惨？"

萧飞原本不想对任何人再提起董宁和周琮，可是心里这块磨盘太沉重，日日夜夜碾得她心疼。她想如果有个人帮她分担一下会不会好一点。"就是那个美女作家，周琮。董宁喜欢了她十年，追求了十年，现在两个人终于要修成正果了。"

"就那个快递小哥？"李超超一副不可思议的表情。

"快递小哥怎么了？他又不是一直送快递。"

"拜托，除非他一夜之间成为快递公司老总，否则不可能成为周琮的男朋友的，更别提什么修成正果了。你真是太逗了，自己喜欢土豆就以为土豆是金蛋。"

萧飞觉得李超超的话很不中听,但又有一丝好奇:"你的话是什么意思?"

李超超掏出手机唰唰几下,点开微博,找到周琮的页面。"我关注她很久了。你看,她几乎成天都在晒吃喝玩乐旅行风景,身边一天一个帅哥陪着,非富即贵,要么就是畅销书作家。你家快递小哥显然不是她的菜嘛。"

萧飞接过手机拉着菜单看了看,还真是,周琮主页上自拍和合照不少,多的是穿白衬衣的俊美少年和留着八字胡的西装大叔,还真没有一个是董宁那种邻家大男孩。她最后一条微博是一个小时前发的,满满的"九宫格",照片都是香港的街景,最后一张是她和一个男人的合影,配的文字是:"两个人没有孤岛,平安夜一定平安。"

这是什么意思?她去香港过圣诞节了?那董宁呢?如果是和董宁一起去香港,应该发和董宁的合影才对呀。况且,没听董宁提起去香港的事情呀。萧飞马上拿出自己的手机看了一下董宁的微信朋友圈,还停留在那张受伤的自拍上。可是萧飞又想到,说不定自己被"分组"了,看不到他发的内容……

萧飞正胡思乱想,李超超拿回了自己的手机。"我觉得你那哥们儿是被周琮糊弄了,要么就是他突然被放鸽子了。说不定这会儿正一个人躲哪儿哭呢。"

萧飞心里咯噔一下。这几天她没有主动联系过董宁,她不知道该怎样面对他,打扰热恋中的人是不道德的,也对自己这个"失恋"的人太

077

残酷。她甚至连一句"头上的伤怎样疼不疼"都没问，疼是肯定的，可她的安慰哪里抵得上周琮的。

"我真是太小心眼了！"萧飞狠狠拍了一下自己的脑袋。李超超这个八卦妹算是帮了个忙，董宁抱了那么殷切的希望，一旦周琮爽约，他还不郁闷死。她赶紧给董宁打电话，通了却没人接。萧飞又打了一次，还是没人接。再打，响了两声对方却挂断了。

这事儿严重了。她了解董宁，大学期间一直在学生会做事，又经常做兼职，事情多，早就养成了手机不离手的习惯，一般不会漏接电话，她还打趣过他"洗澡都恨不得拿塑料袋把手机装起来挂脖子上"。最近因为送快递的工作需要，他更是跟手机形影不离，现在不接电话，甚至直接挂断，一定是"丧"到了极点准备与世隔绝了。

能问问谁呢？萧飞虽然不情愿，可是第一时间也只能想到周琮。她给周琮发了条微信："你有董宁的消息吗？"

周琮很快回复："没有呀，我在香港。出什么事了吗？"

萧飞想了想，回复道："我找他有点事，打电话没打通，还以为你们在一起过圣诞节。"

"是的，我原本答应了他一起参加一个圣诞派对的，但我这边有点突发状况，所以计划取消了。"

董宁这个傻子，人家只是说跟你一起参加一个派对啊，不是你想的那种单独约会啊，还高兴成那样，恨不得过完圣诞就举办婚礼。萧飞在手机通讯录里翻了半天，她倒是有董宁妈妈的手机号码，可是这个号码已经很多年没拨打过了。准确地说，高考前发生那次恶战之后，萧飞就成了董宁妈妈的仇敌,说不定早就把她拉入黑名单了。她想了又想,突然想到了董宁所在公司的客服热线。萧飞像抓住了救命稻草,立刻拨打过去。

果然,客服热线是最难接通的。拨了好几次人工服务,总算是有人接了。萧飞激动地问:"能不能帮我联系一个叫董宁的快递员?"

客服人员大概从没有遇到过这样的服务要求,顿了顿,反问:"找什么?"

"董宁,快递员。"萧飞还补充了自己所在的片区,"他是最近才上岗的。"

客服那边传来敲键盘的声音,然后说:"你说的这个街道,负责人不是董宁。"

"不会啊,是不是搞错了,他是大学生,刚刚工作没几天,实习的。"

"哦那就难怪了,我这儿只能查到正式员工的信息。"

"那你能帮帮忙吗?我是他的家人,我找他有急事,可是联系不到他。"

"对不起,我们也没办法。"

"你们不能对实习生完全置之不理啊。"

"这样吧,你去片区的分部看看,也许能够查到。"

萧飞问了分部所在地址,挂了电话二话不说就往外跑。李超超叫住她:"嘿嘿嘿,你这是擅自离岗啊,你忘了你在工作啊,兼职工作也是工作啊。"

"我必须去找他。今天算我请假吧。"

"你是真不怕炒鱿鱼啊,今天戴总好像要来呢。哎,萧飞,你等我把话说完啊……"

萧飞早就跑出店门了。

李超超看着萧飞的背影,不由得发自内心深处地感慨了一句:"年轻真好啊。"其实她也不算"年老",不过比萧飞大四岁,可是北漂的艰辛和生活的压力让她无论从外貌上和心理上都显得"老"很多。她经常暗自羡慕萧飞,什么父亲早逝家境窘迫,这些都不重要,跟她这种偏远地区小村庄里费了九牛二虎之力才闯出来的打工妹比起来,生下来就是"北京人"已经是天大的福气了。有了这样的福气垫底,"豁出去"就容易许多,只有"拥有"的人才不怕"失去",因为"失去"得起。换成她李超超,即便是倒退四年,她也没有勇气冒着丢饭碗的危险去找暗恋的"男朋友",人总是先要顾及自己的,不是吗?先照顾好自己,先做好分内的事,才有资格去想其他的。这个世界上只有"自己"不会离开自己,其他都是浮云。

萧飞当然不知道李超超的心思,她满脑子想的都是快点找到董宁。萧飞平时为了省钱连地铁都舍不得坐,这次招手就拦了辆出租车。她相信,自己的直觉是对的,董宁这次真的伤着了,头上的伤好养,心里的伤却难疗。

好在分部不远,这个时间段又不太堵车,萧飞很快到站,绕过一大群快递小车,径直奔里面的办公室,见到一个工作人员模样的就问:

"劳驾问一下，董宁是在这儿上班吗？"

"谁？"

"董宁，是个大四的实习生，才来没几天。"

那人摇头。

萧飞一连问了几个人，都摇头说不认识。有个人还以为她是东西丢了来追要赔款的，好心提醒她说："小姑娘，要不是什么特别贵重的东西就别费劲儿了吧。人员流动太大，你这么找是找不到的。"萧飞道了谢，不死心，又到外面去问快递员。

终于，有个人刚刚派件回来，问萧飞："你说的是个大高个儿吧，本地的男孩儿，说话挺逗的，大学生还没毕业呢。"

"对对对，您认识他？"

"认识，挺好的一个孩子，勤快，也好相处。不过前两天被老板辞了。"

"啊？辞了？为什么呀？"

"好像是误了一天工，还跟人打架了，具体就不太清楚了。"

萧飞慌了："那你知道他去哪儿了吗？"

"不知道啊，他好像被人打了，那天倒是回集体宿舍住了一晚，不过第二天一大早就被老板找去，然后就被辞退了。"说到这儿有人叫他，他跟萧飞说了再见就离开了。

萧飞更着急了。被打破了头，丢了工作，被心上人爽约，这一连串倒霉事搁谁身上都得消极一阵子。董宁当初认定这份工作是因为周琮，现在却因为她萧飞丢了这份工作。萧飞从来没这么唾弃过自己，觉得自己简直是十恶不赦。

"不行,豁出去了,必须找到他。"萧飞给自己鼓了鼓劲儿,咬咬牙,拨通了董宁妈妈的手机。很快,那边接起电话:"谁呀?"

"阿姨,我是萧飞。"

"萧飞?"董妈妈先是愣了一下,紧接着传来凛冽戾气,"你给我打电话干吗?"

"阿姨,好长时间没给您问好了,您身体还好吧?"

"甭兜圈子,什么事?"

"阿姨,董宁在家吗?"

"我说你这孩子怎么回事,不是早跟你说了吗,别再找我们家大宁了,要不是因为你我们家大宁早考上清华北大了,至于跑到上海那种鬼地方吗?现在好不容易回来工作了,你别打扰他了。"

"阿姨,我找董宁有很重要的事,就是关于他的工作的事。他回家了吗?"

"你省省心吧,我家大宁多少大公司抢着要呢,不用你操心他的工作。你管好你自己比什么都强。"

萧飞还想多说几句,那边已经挂断了。也好,听董妈妈的语气,她并不知道新近发生的事,那么董宁肯定没在家里。那他会去哪儿呢?依他的脾气,也不可能就这么灰溜溜静悄悄地回上海。萧飞攥着手机皱着眉沿着马路走,完全没注意身旁的路况,一辆电动车擦着她的胳膊飞驰而过,同时甩下一句话"走路不长眼啊,碰瓷儿怎么着"。萧飞灵机一动,去医院碰碰运气,董宁是要去换药拆线的,我就在那儿蹲点儿,不

信等不到他!

倔脾气上来,萧飞直接就去了医院,问清楚了外伤换药拆线的诊室,她在外面的椅子上一坐,开始等董宁。她不知道有几分希望等到他,但是有希望总比没有强。她从来没有相信过圣诞老人,这次却在心里默默恳求道:"白胡子爷爷啊,你心疼我一次吧,我愿意用余生所有的礼物交换,只求让董宁出现,好不好?"

手机响了。

萧飞触电一样浑身发紧,来电话的却是戴安:"萧飞,我带了朋友过来打球,你却没在呀。听李超超说你工作时间跑出去约会啦?"

"戴总,别拿我开玩笑了,我哥们儿失恋又失踪,我出来找他。"

"你可别去招惹失恋的人,不是当出气筒就是当临时替补。"

"不管当什么我都认了,只要能找到他就行。"

"听你这可怜兮兮的劲儿,有那么严重吗?"

"嗯,严重,很严重,要是他真出了什么事,我这辈子都不会原谅自己了。"

"哎哟,这话说的。年轻人,别动不动就把过错往自己身上揽,我相信你,无论出了什么事,都不是你的错,你就是太认真。"

"对他,我没法不认真……"萧飞说着话,就看见一个人站在自己面前,黑眼圈,带着点胡楂儿,几天不洗脸的样子,一改往日阳光灿烂的样子,颓废得不得了,正惊讶地看着她。

"萧飞,你怎么坐在这儿?"

"啊戴总,我以后再跟你说,我先挂了!"萧飞一把把手机揣兜里，站起来拉住董宁，"你去哪儿了，我找你找了大半天，打你电话又不接，我担心死了。"

董宁往旁边的椅子上一坐："我没事，就是想一个人安静一下。"他疲惫地揉了揉脸，"我现在的样子是不是特颓？我都好几天没照镜子了。"

"我去你公司找你了，他们说你被辞退了，都怪我连累你。"

董宁毫不在意地说："别胡思乱想，跟你没关系。我做了自己该做的事，公司非得说我无故误工，还打架，损害公司形象。辞退就辞退呗，既然价值观不同，我在那儿也没什么意思，早晚也是得走。这没什么大不了，我连协议都还没签，有的是好工作等着我呢。"

萧飞拍了拍董宁的肩膀，说："你别怪我多事啊，周琮的事，我知道了。"

这次董宁倒显得很吃惊："你知道了？"

"我找不到你，问她，才知道她去了香港过圣诞节。"

"哦。"董宁叹了口气，"她订婚了。"

"什么？"这次轮到萧飞吃惊，"这是什么节奏啊，前几天才答应和你一起过圣诞节，怎么就订婚了？"

"我也觉得挺突然的，一时有点接受不了。"

"她亲口告诉你的？"

"是。从医院回去后第二天，她约我见了一面。我当时还挺高兴的，以为毕业前总算能中个头彩了。哥们儿从初中追到高中又跨城市追到上海，有这决心的只有我一个吧。没辙。"董宁掏出手机，翻了翻，在周琮

的朋友圈翻出一张照片，是个穿西装的圆脸男人，看起来像是做生意的。他指给萧飞看："就是他，周琮的未婚夫，香港人，做房地产的。"

"好像万梓良。"萧飞忍不住笑了一声，后来又觉得不是开玩笑的时候，改口说，"我的意思是，怎么看都跟周琮不搭呀，看起来有点怪。"

"他们认识没多久，好像是这男的公司投资拍电视剧吧，想买周琮的小说改编剧本，两个人一见钟情。"

"不都说女孩子找男朋友的标准都看自己的父亲嘛，大概这大叔跟周琮她爸一样是做生意的，她对商人有天生的亲切感。"

"我没想到结局是这样。这么多年她一直都跟我关系不错啊，在上海读书的时候，虽然不在同一个学校，但是几乎每个星期我们都见面都一起吃饭还一起看过电影，我总觉得我是有希望的，她只是还没承认我们的恋爱关系而已。"

萧飞偷偷撇了撇嘴，虽然没敢说出来，但心里忍不住嘀咕：老兄，你这自欺欺人的本领也太强了，这么多年一起吃饭一起看电影，还什么都没发生，你还相信人家姑娘喜欢你，大头梦要做到哪一年啊。换成别人她早笑出声了，但这个傻瓜是董宁，她不忍心打击他。这一路走来，她太清楚这老兄在周琮身上花的心思。初中周琮刚转学过来那会儿，迷上了老北京大瓷罐子酸奶，她说跟上海那边的味道不一样，很爱喝。董宁把早餐钱省下来，每天一大早买好酸奶放到她课桌上。每天一罐，从不间断。天热的时候还好，天气转凉之后卖那种酸奶的就少了，董宁每天上学绕远路去找，照样买给周琮。直到周琮说"喝够了不想再喝了"，他才住手。然后酸奶就换成了苹果，还不是普通的苹果，是"蛇果"，那是市场上刚刚出现的品种，贵得吓死人，董宁每天买一个洗干净一大早摆在周琮课桌上。初三的时候年级按学生们的成绩重新分了班，周琮成绩最好，在一班，董宁在二班，一堵墙根本不是障碍，董宁仍旧每天送苹果，在一班学生诧异的目光里大摇大摆走进去，把苹果端端正正摆在周琮的课桌上，还压个纸条，肉麻兮兮地写一句"祝你今天好心情""祝你月考顺利"之类的话，然后扬长而去。害得不知道实情的人偷偷问"这小子怎么每天跑咱们班来上供"。

现在看起来都是些孩子气的做法，但孩子的心向来最真最纯。萧飞总是没骨气地想，别说三年了，要是有男生给她连送三个星期的苹果，她都会感动地点头说"我愿意"。

到了高中，有一段时间，周琮的爸爸妈妈去外地办事，周琮放学自己骑车回家。不得了，董宁恨不得每天背着露营的大背包上学，里面装着雨伞毛巾外套以及修车工具。萧飞问他是不是疯了，他说他要当最"专业"的护花使者。后来那个大背包被董宁他妈妈强行留在了家里。然而不巧，有一天放学突然变天下了大雨，大部分同学都被拦在了学校。萧飞倒是有备无患，包里永远有一件小巧的雨衣。她正庆幸，董宁跑来说："知道你有雨衣，快，借给哥们儿应急。"萧飞目瞪口呆道："你有毛病啊，我的雨衣你怎么可能穿得上？"董宁笑说："不是我穿，是周琮穿。她还有钢琴课，着急回家，你帮个忙嘛！"萧飞有点不情愿地说："她自己怎么不来借？"董宁拍了一下她的脑袋道："你笨啊，她哪儿知道你有雨衣，你这宝贝只有我知道啊。而且你不能告诉她啊，以后也不能，就说是我变的，哈哈！"说着不等萧飞答复，直接大大咧咧拉开萧飞的书包揪出雨衣

来，嘴里喊着"哥们儿以后必有重谢"，跑去给女神献殷勤了。那天雨特别大，周琮穿着萧飞的雨衣非常温暖干燥地骑车回家了，董宁一手骑车一手打伞做了一次连自己都"护"不住的护花使者，萧飞则站在教学楼的大门口，看着大雨噼里啪啦在地面打出一阵阵水雾，觉得自己的心就是那一个个水珠，碎得荡然无存，自己守护了多年的一个个美梦都成了泡影。第二天，董宁买了一大包萧飞最爱吃的"拿破仑"小蛋糕给她，表扬她"舍己为人"。萧飞一块都没吃，而且从那之后再没吃过"拿破仑"，因为回忆沾染了苦涩，最爱的甜点也不甜了。

这么多年了，这些"孩子气"的小事一桩桩一件件，数都数不完，是萧飞的暗恋苦恋史，也是董宁的单恋热恋史。每次在网上看到类似"单恋算不算恋爱"这种话题，萧飞就把链接丢给董宁，而董宁连看都不看，只回一句"当然算，我就恋着呢"。他啊，真是让人欢喜让人忧。现在，看着失望颓唐的董宁，萧飞突然就想起了多年前屋檐下看着雨珠落地的自己。她太理解，反而不知道怎样安慰，因为这么多年了她都没能成功安慰自己。

诊室里面的医生喊董宁的名字，董宁进去换药，很快就出来，网兜已经不戴了，用了块医用胶布把纱布粘在头发上，可又粘不牢，忽闪忽闪总像要掉的样子。董宁索性一把揪下来。萧飞急忙拦他。可是晚了，已经揪下来了，董宁随手把胶布丢到了一旁的垃圾箱里。

"我这样子是不是根本没法见人？"

"没那么严重。"萧飞轻轻用手拨了拨他伤口旁边的头发，"医生怎么说？恢复得好吗？"

"伤口长得挺好，过几天可以拆线了。"

"那就好啊，年轻嘛，受点伤很快就痊愈了！"萧飞很义气地在他肩膀上捶了一拳，"等你拆线了，哥们儿好好陪你喝一杯，请你吃烤羊腿怎么样？我在咖啡馆陪客人打桌球，小费可是领了不少啊！"

董宁勉强挤出一个笑容，说："胡说，只能我请你，哪有你请我的道理。你还是学生呢，好好上课，别总跑出去做兼职。以前我总想着咖啡馆挺安全的没事儿，这下可让我开眼了，敢情咖啡馆里也有脑袋开瓢儿的危险！"说着就往外走。

萧飞赶紧追上去问："你最近住哪里？我给你妈打电话了，你没回家。"

"什么？你给我妈打电话了？没说打架的事儿吧？"

"我哪儿敢说啊，就说找你问点事。"

"她没刁难你吧？"

"没有，阿姨没你想的那么糟糕。"

"我是她儿子，还不了解她的脾气。"

"是我有错在先，她讨厌我是正常的。算了不说这个，你这几天住哪里？"

"我在公司附近租了房子，是三居室里的一小间，价格还凑合，我租了一个月。反正我也是要投简历找工作，这样方便点。我妈不知道我被辞退，还以为我在公司集体宿舍呢，你可千万别说漏了啊。"

"我能去看看吗？"

"没什么好看的，特别小，就一张单人床，一个电脑桌，以前租户

088

留下的一个简易衣柜。我原本就没什么东西，能睡觉能上网就行了。年前估计没什么好的招聘会了，我等脑袋的伤好利落了，看不出来了，就回家住去。"

"董宁，你要答应我，"萧飞拽了拽他的袖子，"别因为周琮的事想不开。我妈常说，命里有时终须有，命里无时莫强求。我觉得还挺对的。我有难受的事儿就想这句话，心里会舒服点。"

"瞧你说的，难不成我还因为失恋就自杀啊。"

"谁说得准啊，你居然不接电话，还挂断我的电话，这是史无前例的，真把我吓死了你！"

"我只是觉得自己很丧，怕传染你。"

"我不怕！"萧飞笑嘻嘻挽起董宁的胳膊，"别忘了咱俩可从小就是一根绳子上的蚂蚱啊，嗨的时候呢要一起嗨，丧的时候也要一起丧！同甘共苦的人才有资格做你的伴郎啊！"

董宁第一次发现萧飞其实挺漂亮的，脸虽然有点婴儿肥，不过眼睛弯弯的很可爱，特别是笑起来的时候睫毛忽闪忽闪的，鼻子还皱巴巴的，像个小娃娃。那笑容特别有感染力，董宁也忍不住笑了，说道："别提这事儿了，我怕你男朋友揍我。"

"别拿我寻开心了，哪儿来的什么男朋友！"萧飞的话刚说完，手机响起来，萧飞看来电显示是戴安，就接了电话说："戴总，我找到董宁了，马上去店里工作。"

那头响起的却是晏景和的声音："你怎么只想着工作，就不能想想我？快回来，我想你了。"

萧飞的电话漏音严重,萧飞看到董宁在听见晏景和的声音之后理解地笑了。她怕董宁误会,连忙问晏景和:"你怎么用戴安的手机打电话啊,你们一起在店里打球吗?"

晏景和却只是贫嘴道:"想你就给你打电话喽,才不管在哪里,用谁的手机。"

萧飞干脆直接挂了电话:"这个烦人精。"

"快去吧,别在我这儿浪费时间了。"董宁招手拦了辆出租车,不由分说把萧飞塞进车里。

萧飞扒着车窗往外看,董宁的身影越来越小,低声说了一句:"我是多想跟你一起浪费时间啊。"

没人分享,

再多的成就
都不圆满

萧飞赶回店里，想着可能会被老板批评，没想到戴安连问都没问一句，只说："来来来，就等你了，我跟人说我店里有个斯诺克高手她还不信，非要跟你切磋。"

萧飞以为是跟晏景和打球，却不是，他正坐在一边抱着一只肥嘟嘟的大猫笑眯眯地咬它耳朵。那猫也乖巧，眯着眼一动不动享受晏景和的臂弯。

戴安和另一个美女刚打完一局。

"这是我超级闺蜜贝西西，听说我店里有斯诺克高手，一定要过来跟你切磋切磋，要不然她以为全北京城就她一个人会玩斯诺克。"

"拜托你实事求是行不行，明明是你非要拉我过来说给你的店捧场，不是我说你，戴安，你真丢份儿，创业创业的喊了好几年，就开这么一个破店。你也好意思带熟人来？我看你真是被那个姓马的灌了迷魂药了。"

"打球就打球，别说敏感话题，"晏景和插话道，"戴安现在是我的人了啊，别动不动就跟姓马的扯在一起。我不爱听。"

"哟，你还好意思说，这十年你死哪儿去了，你连马天越都不如。"

"还打不打球了？好不容易聚一聚，说点高兴的行不行？"戴安把球杆递给萧飞，"来，替我教训教训这个牙尖嘴利的妞儿。她刚才可是赢了我不少钱，你得替我赢回来。"

萧飞只觉这球杆有千斤重。

"你别把孩子吓着了！"贝西西转向萧飞，"别听她的，算起来输最多的可是我，这俩人合起伙来算计我，有晏景和在，你们戴总可是吃不了亏。"

"这话我爱听。"晏景和抱着大猫,笑得和猫一个样子。

萧飞看他得意的样子,恨得牙痒痒,要不是他乱打电话搅和,她还能跟董宁多待一会儿,万一董宁真的相信他是她的男朋友可就糟糕了,据说人在失恋的时候要比平时敏感一百倍。

"你们玩吧,我要带着我的小安安去约会了。"晏景和起身要走。

萧飞好几天没见到他了,一直心心念念之前请他帮忙问旧房子拆迁的事,却不好意思打电话问。现在总算见到人了,可是怎么开口呢,人家没主动提,她就不好问,再者说,这样的浪荡公子哥儿心里千千万万的花花事还记不清呢,怎么会记得她这无名小卒随口提起的一件事。还是别抱希望了。她刚动放弃的念头,晏景和倒是主动到了她面前,一开口就没个正行:"小飞飞,你有神马(什么)话想对我说?"

萧飞真想说"我有个嘴巴能给你抽一下吗",当然不能说,只好敷衍了一句说:"你的猫好漂亮!"

"好眼力!这是我的'肚兜儿',来,问个好!"晏景和抬起一只猫爪子跟萧飞握手,萧飞无可奈何伸手跟它握了握,嘴上说着:"肚兜儿你好啊,你家主人可好啊,他的病彻底好了吧?"

"还是小飞飞懂得关心人。"晏景和朝旁边的衣架努努嘴,"麻烦你帮我拿一下外套?"

萧飞规规矩矩把外套拿过来,谢天谢地他不再穿那件刺眼的"果粒橙"羽绒服了,而是一件质地上乘的羊绒大衣,虽然还没看到他穿上的样子,但是能想象,凭他的身材穿上必定玉树临风。哎,别用"空有一身好皮囊"来贬低人啊,真有好皮囊,再可恶的人也会讨喜三分。"

"还有包。谢谢!"

萧飞心里骂道:"不能一起说吗,可恶。"把包递给晏景和,他却不接。"打开。"

萧飞疑惑地打开。

"外面夹层有张名片,是给你的。"

萧飞按照他说的,摸出一张很素简的名片,用纸很考究,却没有成堆的头衔,只简单地写了人名、律师事务所名字、工作电话和工作地址。

贝西西探头过来瞧了一眼:"哟,什么惊天地泣鬼神的大案子,把他都惊动了?"

萧飞看看贝西西,又看看晏景和,愣了。

晏景和不怎么上心的样子,依旧抱着猫,应了一句道:"我不认识普通的律师啊,只认识他,萧飞家有点麻烦,让他帮着咨询咨询,这点儿忙他能帮的。"

"小妹,你有福气了。"贝西西拍拍萧飞肩膀,"晏公子这么舍得帮你,你的麻烦已经解决一大半了。"

"这是谁啊?"萧飞反倒有点害怕。

"你家拆迁不是有纠纷嘛,去找他。我已经帮你联络好了,下周他刚好在北京,没有要紧的事要处理。你抽空给他打电话,他随时恭候。"

"好大的面子。"贝西西夸张地鼓掌。

戴安也好奇地过来看了一眼名片,扑哧一笑:"萧飞,你还真是有福了。"

"这是大律师吧？我可请不起，我就是想省钱才让晏景和帮我问问的。"萧飞更紧张了。

"不用花钱，晏景和他老爸每年给他的钱够修一座庙了。"戴安和贝西西一起笑。

"走了走了走了。"晏景和放下猫，穿好衣服，然后很绅士地帮戴安披上大衣，"我们去享受二人世界了，你们姐俩玩吧。萧飞，赢她，千万别手软，看见她那包了没？上午才装进去一大笔现金，都给她赢过来！"

看着戴安、晏景和、肚兜儿一起离开，萧飞忍不住向贝西西八卦道："戴总和晏景和……在一起了？"

贝西西正拿着小镜子补妆，一下子笑出来，说："连你都知道他们俩的孽债？"

萧飞本没奢望更多花边新闻，这下子兴致全被调动起来了。"难道有好长的故事？"

"够长，少说也有十年了吧。"

"啊，完全超越马总。"

"马总？"贝西西摇摇头，"戴安就是容易一见钟情。在她眼中，马天越就是她一见钟情的真命天子，而我们圈子里都觉得马天越一定是给戴安下了药，她才被迷得神道道的。"

"嘿嘿，我也觉得应该有个更好的人对戴总好。"

贝西西警觉地看了一眼萧飞，笑说："更好的人？比晏景和好？"

萧飞笑嘻嘻，不说话。

"他俩这段公案啊。"贝西西叹了口气,"算了,以后有机会你问戴安吧,我是说不清楚。不过现在他俩还没怎么着,今天晏景和他新家酒窖刚建好,让戴安过去参观。看出远近厚薄了吧?第一批观众,只戴安一个,我想当个电灯泡都当不上!"

萧飞笑了笑,心说晏景和鬼点子还真多。

总算是安静下来,贝西西和萧飞开始打球。贝西西的球果然打得不错,稳健又刁钻,每一次出手总能给萧飞留下不小的障碍。萧飞起初还有些拘谨,后来摸清了她的路数,就越打越放松,渐入佳境。两个人的分数始终咬得很紧。贝西西忍不住问:"小姑娘打得果然不错,专业学过?"

"没有,就是野路子,瞎玩。"

"瞎玩能玩到这个水准已经很不错了,家里有人会玩吧?"

"我家是开台球厅的,从小见得多了,跟着打两把。"

"私人会所吗?"

"哪有啊。"萧飞苦笑,"就是台球厅,胡同里小混混或者逃学的学生经常玩的那种。"

"哇,现在小混混和熊孩子们都改玩斯诺克了吗?"

萧飞就猜到谈话会朝着这种方向发展。一直以来,所有来打球的人听说萧飞的球技是"路边摊"学会的,都会一副惊叹的表情。也不怪他们,斯诺克球桌大,规则多,一局时间又长,很多小台球厅都没有。当初她家也没有,是她死磨硬泡向妈妈许诺一年不要零用钱才添置了一张斯诺克球桌。说起来,还跟周琮多少有点关系。

初一那年周琮请同学去她家参加"生日趴",那是萧飞第一次参观

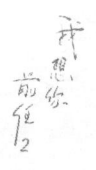

"豪宅"。女生都聚在一起沉醉地欣赏周琮从国外带回来的各种新潮服饰、化妆品和CD，男生大多数都被活动室的"台球"吸引了。周琮的爸爸耐心给他们讲解游戏规则和技巧，萧飞非常好奇，挤了去听。那是萧飞第一次接触斯诺克，也是第一次知道"原来台球桌还可以这么大"。有原本的台球底子，她很快上手，当场就跟周琮的爸爸玩了一局。她还清楚地记得周爸爸说的那句"这小姑娘很有天赋啊"。还从来没人用这样的词形容过她。她家开台球厅，她会打台球，这在大家看来都是"理所当然"的事情，周爸爸却用非常肯定的语气说她"有天赋"。这是萧飞第一次被人如此深刻地肯定，董宁迷上周琮这件事曾让她信心全无，而周爸爸这句肯定让她重新找回了自信。

每每回想起这件事，将这么多的"第一次"串在一起，萧飞总觉得自己在嫉妒周琮的同时又生出些许感恩之心。如果没有她的出现，萧飞不会懂得董宁在她心中居然是那么重要，她也不会学着越来越宽容地接纳再铁的"哥们儿"也会分离的事实，当然，有了分离才有了珍惜，这些曲折让萧飞品尝了更丰富的人生百味。周琮出现之前，萧飞只是萧飞，一个像男孩子一样敢骂人敢打架自诩独当一面的假小子；周琮出现之后，萧飞甚至开始审视自己的性别，学着怎样做"女孩"。好吧，到如今她也没学会，比如，她永远也学不会撒娇，学不会依赖，学不会显示自己的软弱以博取同情和帮助。但是她渐渐了解，女孩敏感，女孩包容，女孩真的成熟起来之后会用柔韧的身心安抚一切。她再不说自己是"假小子"，她会对着镜子里越来越漂亮的自己骄傲地说"我是个很棒的女孩"。这一切，都是拜"情敌"所赐。

至于斯诺克的技术，多少也是拜"天赋"所赐吧。萧飞学会打台球之后并没有影响学习成绩，这多少让妈妈放宽了心，也就没有对她沉迷斯诺克太多干涉。萧飞的业余时间都花在了那张球桌上，店里有客人，她就站在一旁偷师，看别人怎么打；店里没客人，她就自己动手，或者找人来"免费"玩。家里那台破电视黄金时间都在播妈妈爱看的肥皂剧，但是只要有台球比赛，她软磨硬泡也要磨着妈妈看体育频道。萧妈妈起初反对她沉迷这种"男孩子玩的东西"，但是后来觉得她不跑出去"野"，也不像其他女孩子似的整天想着穿衣打扮早恋追星，只是喜欢打球，那就打吧。最夸张的时候，萧飞在网上整晚看国际比赛的重播，看了就亢奋得睡不着觉，自己跑去打球，妈妈都以为她走火入魔了。萧飞最骄傲的是自己练成了职业选手的"一杆穿瓶"绝技，就是随便拿一个饮料瓶子倒在球桌上，萧飞一杆可以精准地穿进瓶口而不触动瓶子。萧飞最怀念的就是那段沉醉地练球的时光，心里没有董宁，没有"失恋"的痛苦，只有不断进步的球技和越来越精准的杆法。时光从来不曾愈合伤口，是人自己努力才能长出新的健康细胞。

董宁偶尔周末的时候跑去打球，发觉萧飞技艺突飞猛进，会拍着她肩膀说"哥们儿不得了啊，这是要当专业球星吗"，只是玩笑，并不知道她真有专业选手一样的痴狂。而萧飞，喜欢让董宁看到她的优秀和进步，喜欢听他的夸赞，喜欢球局过后两个人一起跑去冷饮摊上喝冰镇汽水。萧飞有个习惯，喜欢要个纸杯加些冰块，把"北冰洋"汽水倒进去喝。连汽水带冰一起喝到嘴里，然后咯嘣嘣把冰块嚼得脆响，特别过瘾，特别爽。而董宁每次看她这样嚼，都会关切地说："别嚼啦，当心把牙嚼坏了。"可是下一次，萧飞还是会嚼，他还是会说。

那段时光是萧飞独享的秘密，不曾告诉任何人，包括董宁。有人说，暗恋的女生会不知不觉变成暗恋对象那样的男生，这是很多"女汉子"的来历。萧飞说不准自己是不是这样，细想想；董宁打球的样子很酷，沉稳，冷静，面无表情，赢球之后又会像小孩子一样摆剪刀手。她在球桌上是什么样，她不知道，因为看不见，但是她每每打出一个漂亮的球，都希望身边有董宁，只是这希望多半都落空。没人分享，再多的成就都不圆满。

萧飞脑子里想了太多往事，手里的球杆就有点不听使唤，贝西西赢了第一局，笑着说："头三出没好戏，你这是先让我尝点甜头，以后慢慢收拾我？"

"没有没有，我一时大意了，下一局要全力以赴。"

"有心事！"贝西西喝了口水，"你来之前戴安跟我们说啦，你翘班跑出去找失踪的男朋友，是不是？什么情况啊跟我说说。"

"哪儿有那么夸张。"萧飞心里埋怨戴安多嘴，"是一个哥们儿，刚失恋，又丢了新工作，心情不好，我怕他想不开，过去劝劝。"

"我才不信有这么铁的哥们儿。不用问，一定是哥们儿相称，背地里暗恋人家多少年。"

萧飞这个郁闷，还能不能有点秘密啦，她怀疑自己脑门儿上是不是写了"暗恋狂"三个大字。"看来暗恋真是件全世界都知道、唯独暗恋对象不知道的事儿。"

"还不是傻。有心事不讲明白,自己闷着。"

"我也没想闷着,不是一直没机会讲嘛。"

"你们认识多少年?"

"十八九年吧。"

"啊?"贝西西低头弯腰正要开球,听萧飞说出"十八九年"顿时站直了,"青梅竹马呀,那还犹豫个什么劲儿,你也不怕憋出癌症来。"

"小的时候吧没觉得这是喜欢,就是一起玩,连个性别意识都没有。后来朦朦胧胧知道喜欢他了,还没机会说,人家就有了喜欢的人,还死心塌地追了十年,我根本没机会。"萧飞摇摇头,"不说了不说了,打球。"

"还有心思打球呢,快去表白,耽误你的大事这罪过我可担不起。"贝西西直接就收了球杆,还把萧飞的杆也夺走,"我替你们戴总做主了,今天给你带薪假,任务就一个,把属于你的男人夺回来。"

萧飞哭笑不得。网上说,如果你知道想去哪里,全世界都为你让路。这句话到了萧飞这里,简直能改成,如果你知道想得到谁,全世界都为你做媒。难怪戴安说这位是她的超级闺蜜,脾气真是一模一样,提到爱情两眼放光,追男人绝不心慈手软。

"顺其自然吧,现在他状态特别不好,我想陪着他他都赶我走,这个时候表白简直是自取其辱。"

"我倒不这么看。谁会拒绝别人的喜欢呀,尤其是你们有这么多年的感情基础。男人都死要面子,赶你走是怕你看见他最狼狈的样子。越是这时候你越要给他点儿精神动力让他快点儿找回男子汉的尊严呀。你

100

不需要追问结果,只要告诉他,他对你来说很重要,这就足够了。"

"行吗?"

"当然行啊。有话别憋着。"贝西西重重地叹息了一声,"人生最怕'来不及'。"

萧飞好奇追问了一句:"你错过谁了?"

"那倒没有。我不是玩暗恋的人,但是认识一个。他喜欢一姑娘喜欢很多年,但是一直没机会,后来终于有机会了,又憋着不肯说,想尽办法兜圈子,后来差点儿没命了,才肯表白。"

"这么夸张,结果呢?"

"还行吧。"贝西西一笑,"命保住了,人也留住了,快结婚了,也算是否极泰来。"

"真好。"

"所以我说啊,一辈子太短,守住眼前,谁知道明天会撞见什么鬼。"

萧飞被逗笑。

"别笑啦傻丫头。时间不早了,我准备回家参加派对了。今天平安夜,你快去表白吧,圣诞老人会给你惊喜的。"

"啊?今天不是23号吗?"

"你没事儿吧?"贝西西嫌弃地看了她一眼,"咱还没热恋呢智商就降到零了,这么重要的日子也能记错。"

"糟啦,我一直以为今天是23号呢!"

贝西西叹了一口气,说:"就当是圣诞老人帮了你吧,把我丢在这儿给你当闹钟。走走走,翘班吧,去找帅哥去,去浪漫去。"

贝西西先一步离开，萧飞真想像她说的那样跑去找董宁，却有点犹豫。今天过节，虽然天还没黑，店里已经来了不少客人，李超超和后厨的人忙得恨不得飞起来。萧飞在里面陪戴安的贵客打球，李超超是不敢打扰的，现在贵客走了，她开始催促萧飞了："妞儿别愣着啦，2号桌要埋单，3号桌要下单。"

萧飞的肉身在埋单、下单，心早就飞到了家里。她老早就给董宁准备了圣诞礼物，偏偏把日子记错了。该打。这可怎么办。现在跑回家去拿礼物然后约董宁出来一起过节？还是先约董宁出来过节然后明天早上补送礼物？或者今晚就算了明天一大早打扮成圣诞老人带着礼物去找董宁？可是这时候去租圣诞老人的衣服已经来不及了呀。萧飞急得抓耳挠腮。平安夜啊，客人最多啊，不到凌晨是关不了门的。可是现在这么忙，请假离开的话她怎么说得出口啊，李超超会杀了她的。

五点，六点，七点……忙起来时间过得飞快。萧飞的话在肚子里都快发酵了，终于寻了个机会说出口："超超，咱们今天几点打烊呀？"

"我请示过老板了，老板说，今天过节，晚关门，到最后一位客人离开。"李超超并没有显出疲惫，而是很兴奋，"不过老板说，今天加班，按三倍工资！你这个兼职也是！"

萧飞却笑不出来。三倍工资也买不到和心爱的人共度平安夜的浪漫啊。

"要是人不太多的话，我可不可以先走啊，加班工资我不要了。"萧飞努力让自己的声音听起来楚楚可怜。

"你要去过节？跟那个快递小哥？"

"呃……就算是吧。怎么样,行个方便吧?"

"萧飞,你觉得合适吗?白天你就跑出去不见人影,回来了一小会儿,现在又想早退。你应该心里清楚,你虽然名义上是兼职,马总可是给了你不低于全职的工资。你这么随意,想来就来想走就走,对得起马总吗?"

"当我没说吧。"

不擅长求人,这是萧飞的短处。而且今天她觉得自己实在理亏,就不敢再开口。可是,她盼圣诞节盼了很久了,现在连周琮这唯一的"障碍"都没了,不能错过这大好机会啊。不行,无论如何都要约董宁出来,全天下都知道她暗恋"快递小哥"了,要是让这故事一直有开头没结尾,她自己都不答应。于是想了想,偷偷抽空给董宁发了一条信息:"今天我加班,可能要过十二点了,哥们儿你能来接我吗?"

董宁很快回复:"怎么那么晚?太不安全了,我去接你。"

萧飞抱着手机偷偷笑,对不住了,我撒了谎,也不算完全撒谎,只是为了见到你呀。

节日的存在

就是为了
衬托孤单

💧

送走最后一位客人已经是凌晨一点半，萧飞轻手轻脚走到后面有台球桌的隔断里。董宁收到萧飞的短信不一会儿就赶了过来，说是怕过节人多有人寻衅滋事，过来帮萧飞"看场子"。萧飞确定这个钟点不会有人来打球，就让他在里面坐一会儿，他却睡着了。他的头发浓密，虽然伤口缝针的时候剃掉了周围的一小绺头发，但是不仔细看的话完全看不到伤口。这几天他心情不好，大概也没好好吃饭睡觉，显得很憔悴，这会儿倒是睡得挺香，长长的睫毛在眼睛下面投下两小片阴影，萧飞近距离看了好一会儿，有点不忍心吵醒他。倒是李超超大喇喇地过来，喊了一声："天亮了，起床了！"萧飞想拦已经来不及，董宁在梦中惊醒，吓了一跳，才揉揉眼睛问："下班了没？"

"嗯，下班了，我们走吧！"

"赶过来当护花使者，自己差点儿成了睡美人。"董宁搓了搓脸，"你这一晚上当牛做马的，老板给多少加班费？"

"三倍工资呢！"萧飞笑嘻嘻道，"你护花有功，我这加班费都请你吃好吃的。说吧，想吃什么？"

"这么阔绰，那我可得好好想想，怪不得这几天没胃口，敢情是有大餐等我呢。"

萧飞已经换好了衣服，完全没有凌晨两点的疲惫，高高兴兴跟李超超和后厨的人说了再见，拉着董宁的胳膊蹦蹦跳跳往外走。"咱们去世贸天阶吧，我特想去，想了好几年了。"

"那儿有什么好的。"

"就是好就是好，反正我就是想去。"

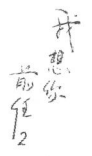

105

"听你的,你想去咱就去,这个点儿了你也不怕冻死。"

两个人说说笑笑走出了咖啡馆的门,剩下李超超盯着他们的背影出神。她多希望这个晚上有人包场夜不归宿啊,那样的话就可以不打烊了,店里一直灯火通明,大家都不下班,都跟她作伴。她讨厌过节,节日的存在就是为了衬托孤单的。

店里就剩她一个人了,她把所有的桌椅都擦拭了一遍,所有的杯盘碗碟都擦拭了一遍,又到后面的隔断里看了一遍,台球桌桌面干干净净的,她不懂台球,球要怎么摆她完全不知道,她记得看电视上的比赛,所有球都是用一个三角形的小框子框到一起,所以有一次她看到有几个球散落在外面,就努力想把它们都码回去,刚好赶上戴安带朋友过来打球,她的举动被嘲笑了。戴安告诉她,这种台球跟她以前见的那种不一样,几个彩色的球就是要摆在外面的。后来这个隔间就被指定由萧飞负责,其他人不能擅自进入。

想到这件事,李超超不由得心烦起来,转身想走,却发现台球桌底下好像有一张碎纸片。桌面上的东西她不懂,地面上的东西她还是懂的,地上不许有任何杂物这是店里卫生条例的第一条。老板马天越当过兵,这么多年了一直保持着在部队养成的良好习惯,最见不得环境脏乱。李超超俯身捡起那片纸,原来不是碎纸,而是一张很素简的名片,只简单地写了人名、律师事务所名字、工作电话和工作地址。她不知道是谁的,但是她想,来这里打球的都是戴安的朋友,非富即贵,说不定是什么要紧的人物,万一名片很重要,回来找也是可能的。于是李超超把名片小心收好,关了灯退出来。

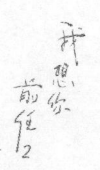

脑子里还是赶不走萧飞。这个兼职人员怎么就鸠占鹊巢抢了她的风头，她可是这间咖啡馆的"功臣"。她是老板马天越亲自招进来的第一位员工，那时咖啡馆还没正式营业，马天越说企业经营最重要的就是人，招不到合适的人来帮他打理店面，他宁可推迟开业时间。马天越还说招员工跟他找老婆的标准差不多，要诚实可靠，要勤俭持家，人品远远胜过能力，他可以原谅一个人因为能力不足犯错误，但是绝不原谅一个人因为态度犯错误。技能可以不断提升，但是三观不正就无药可医了。李超超总爱回味老板这些话，反过来听，是不是就夸她态度好三观正呢？她倒是没敢往"老婆"这两个字上想，但是她庆幸老板信任她。这就是她莫大的荣誉了。在这样的小企业里，还有什么比老板的信任器重更重要呢？

想到这里，李超超忍不住掏出手机给马天越发了条短信："马总，今晚店里生意非常好，最后一位客人离开是凌晨一点半。其他人已经下班了，我盘点完了，也要下班了。平安夜快乐，圣诞快乐！"想了想，又加了一句，"祝马总早日康复！"

发完短信，李超超一盏一盏关掉店里的灯，准备打烊。手机一响，进来一条短信。她以为是马天越，赶紧掏出来看。却不是。是个没保存的电话号码，但是李超超知道是谁。内容很简单："超超，圣诞节快乐。你最近好吗？"

李超超觉得心烦，按了删除。

很快，又进来一条短信："我换了工作，在以前我们都很喜欢的那家糕点店做面点师。你呢？"

李超超又点了删除。

短信能够删除，记忆却不能。李超超努力让自己不去想从前，却做不到。她关掉了店里最后一盏灯，锁上店门。隔壁的酒吧还没打烊，年轻人热热闹闹的歌声笑声在冬季凌晨清冷的空气里传播着，热情四射。她做了个深呼吸，习惯性地往地铁站的方向走，走了几步想起来这个时间已经没地铁了，也没公交车。钱是省不下了，奢侈一回，打车吧。

坐进出租车，手机又响了一声。还是那个烦人的号码。

"超超，你在外面玩，还是已经睡了？"

神经病，给睡了的人发短信？还跟以前一样没脑子。李超超检查了一下自己的发件箱，确定给马天越的短信发出去了，他没回复，也许是已经睡了吧，毕竟他还是住院的病人。她干脆关了手机，难得看看北京凌晨的样子，车里这么暖和，难道不该想点美好的事情吗。然而，好兴致被之前那三条短信打扰了，她满脑子都是谭鑫。

四年前她大专毕业，独自来到北京，除了"我要挣钱"的梦想和一个简单的行李箱，什么都没有。好在她运气不错，看到一家面包房招店员就去应聘，店长看她年轻漂亮，专科学的是市场营销，虽然没有工作经验，但是在学校的时候兼职做过些饮料化妆品之类的促销员，还算口齿伶俐能够随机应变，就留下试用。李超超表现很不错，勤快，每天早来晚走，无论是后厨还是前台，哪里需要就去哪里帮忙，店里来了客人也永远都是笑脸相迎，从来没有那种"工资这么低我才懒得干"的怨气。店长很满意，提前结束了她的试用期，涨了工资，还赞赏有加，李超超干得更起劲儿了。

当时谭鑫就在那家面包房做裱花的工作,每天在玻璃后面给各种糕点裱花,时不时看一眼这位新来的"模范员工"。忙里偷闲聊上几句,才知道两个人居然是老乡,谭鑫更喜欢跟她"谈心"了。那时候李超超住的地方离面包房很远,贪图便宜,是地下室,而且是地下二层,一间八平方米的小屋子里塞进三张高低床住六个人,衣服永远不能挂起来,不穿的塞进行李箱,当天穿的就卷起来当枕头。所有地下室的人共用厨房卫生间,无论男女都挤在一起洗洗涮涮,自尊和廉耻都顾不上。李超超住了不到一周,内衣内裤丢了两次,她不知道是被人偷了还是别人不小心拿错了,又没办法查,只好买新的,这笔冤枉钱花得她心疼。

这些都是闲谈时李超超有一句没一句提到的,谭鑫都放在了心上。两个人比较熟悉之后,谭鑫问:"你要不要住到一个便宜又清净环境又好的地方?"

"北京还有这种地方?"

"只要你不怕远。"

"不会是住到河北去吧?"

"那倒不至于,还是在北京,交通也很方便,如果每天早起坐公交车进城,不堵车,非常快。"

"有这种好地方我一定要住!"

就这样,李超超在谭鑫的帮助下租到了六环外农村的一处平房。李超超这才知道,"城外"别有洞天,很多城里的上班族都选择了这样的生活方式,花同样的房租可以住到更宽敞更舒服的房间,虽然路上要花点时间,但是可以看书可以补觉,总的来说还是很划算的。

李超超和谭鑫住同一个院子，院里还有其他六个人，有卖电脑的有卖保险的还有卖医疗用品的，还有个"作家"。除了"作家"黑白颠倒不跟大家一起，其他七个人的作息时间比较一致，大家就搭伙买菜做饭。这样一来，生活改善了一大截。他们都说："有谭鑫在，大骡子大马都可以歇歇了，刷马桶通下水道换煤气罐劈柴搬煤块这种事都有人做啦。"李超超以为是玩笑，没想到大家是认真的。谭鑫看起来瘦瘦小小的，普通话都说不好，却很能干。他就像一本百科全书，生活中没有他解决不了的问题。村里有几户人家、村长是谁、电工是谁，他都清楚。无论需要什么生活用品，他都能飞快地买到。他是神奇的魔术师，只需要挥一挥魔术棒，城里和村里的界限就完全消失。大家可以付低廉的房租却住得那么爽，一大部分是他的功劳。

傻子也知道谭鑫对李超超的用心良苦。每天五点起床准备好两个人的早餐和午餐盒饭，五点半叫李超超起床，待她梳洗打扮好，两个人一起坐上六点钟的进城车。李超超一坐车就会睡觉，睁开眼时自己经常是靠在谭鑫的肩膀上。他个子矮，比李超超高不了多少，为了让她靠得舒服，不得不使劲儿挺直腰杆一动不动。李超超很是过意不去，暗自想着以后睡觉一定要靠到车窗上，可是下一次再醒来自己靠的还是谭鑫的肩膀。时间久了才发现，是她睡着后谭鑫故意把她的脸扶到自己这边来，他说："玻璃太硬，车太颠，怕你碰到头。"有了这句话，后来有一次李超超在睡梦中感觉到谭鑫吻了她，她没有睁开眼。

如今想来，那段日子不是不甜蜜的，有人知冷知热在身边，总好过单枪匹马对付这个陌生的城市。钢筋水泥玻璃窗固然给人炫目华丽的印象，可是太冷硬，狐裘不暖锦衾薄，再虚荣的人也会被送到手边的呵护感动。征服世界是需要千军万马的，征服欲望至少也应该有个伴。李超超知道谭鑫不会是陪自己到最后的那个人，但是她没有拒绝他主动陪这一程。

日子渐渐过得安稳，可是太安稳又滋生恐惧。李超超开始失眠。谭鑫睡在她身边，呼吸平稳，却每一声都像惊雷，提醒她："你到底在干吗？你千里迢迢来到北京难道就是为了跟一个不求上进的裱花师一起在郊外的小平房里睡到天荒地老吗？两个人每月拿四千块的工资，要到什么时候才能住进三环？春节回家要怎样告诉父母亲友，在北京过的其实是连老家都不如的生活？"

不安像虫子，在心里爬来爬去，赶走了一切细小的美好和安逸，平日里最喜欢的那些生活细节，反过来都成了她发火的导火索。谭鑫每天把面包房不要的蛋糕边、下脚料拿回家当第二天的早餐，李超超会责怪，每天上班九个小时对着这些，怎么还吃得下？谭鑫准备上班要带的午餐，李超超会责怪，怎么每天都要带同样的饭，就不能换换样子吗？谭鑫几件衬衣几条裤子轮换着穿，李超超会责怪，你来北京这么长时间了怎么审美方面一点都没长进，穿得这么土都不好意思跟你出去逛街。谭鑫想要换份工作，李超超责怪他没找到更好的怎么能轻易辞职，谭鑫说那好吧先不换，李超超就又责怪他不思进取没有冒险精神。除了每个月发工资的那一天李超超会有些笑容，其他时间她都紧锁双眉。后来连工资都成了她不快乐的理由。"工资这么低，有什么值得高兴的。"

突然有一天，谭鑫说："我懂了，你不过是嫌我穷。"

这句话就像炸药，引爆了李超超的所有情绪。对，事情就是这么简单，她贪图一时的温暖，选择了一个穷鬼做男朋友。不都说嘛，女人选择什么样的男人，就是选择了什么样的生活。她选了一个贪图便宜住在乡下、贪图便宜穿廉价衣裤、贪图便宜吃免费的剩面包、贪图便宜永远舍不得打一次出租车的人，那么，她就是选择了一种便宜的生活。李超超的心猛地一缩，他谭鑫是不是因为贪图便宜，才选择她李超超做女朋友？我李超超可不是便宜货。

"对，我是嫌你穷，我再也不想跟你过穷日子。"

丢下这句话，李超超收拾行李，搬离了村子。廉价的衣服全部丢掉，廉价的护肤品全部丢掉，廉价的午餐盒、包、行李箱统统都丢掉。她只拿了一只随身的小包，那是她的唯一一件"奢侈品"，店长出国旅游时帮她带回来的名牌包。

谭鑫自然是不愿意分手的，说尽好话要挽救这段感情，甚至动用所有同事一起帮他说好话。店长也亲自出面，劝李超超别意气用事。李超超干脆辞了工作。远离廉价的男人，远离廉价的生活，是时候往前走了。

凭着和谭鑫在一起时攒下的一些积蓄，她在城里租了房子，虽然房租贵，并且与人合租，但好歹是在"北京市里"，以后回老家再有人问她住哪里，她不用再支支吾吾说着不为人知的地名了，她甚至可以精确地说出自己离"国贸"有多远，离"鸟巢"有几公里。她还买了好的护肤品、好的衣服、好的鞋子，一切都要好的。存钱做什么，钱要变成资本，要变成晋级的阶梯。她想得很清楚，只要迈上一个新台阶，这些钱

112

很容易挣回来。

马天越的咖啡馆就是李超超的新台阶。店是全国连锁，店面在黄金地段，老板也算是青年企业家、知名人物，工资待遇都很不错。更重要的是，李超超应聘的这家店还没有店长，一直都是马天越亲自打理，他说不想请职业经理人，要亲自培养一名得力的店长。李超超觉得凭自己的努力完全是有机会的，连盘点这么重要的事马天越都愿意放手让她做，这不是摆明了把她当心腹吗？所以李超超彻底将谭鑫那一页从自己的人生履历上撕掉，直到他刚才发来短信。人真的不能抹掉自己的过去吗？能。只要心够硬。

想到这些，李超超渐渐平静了，短信引发的烦躁渐渐消失。她重新打开手机，想着，如果谭鑫再发来短信，她就回复说自己已经有了新男友新生活，请他别再骚扰。短信提示音响了，却不是谭鑫的，是马天越的。他说："谢谢超超，过节加班到这个时间，辛苦了！祝你圣诞快乐，待我出院，亲自给大家发红包！"

李超超把手机攥在胸前，透过车窗往外看。到处都是披着五光十色彩灯的圣诞树，到处都是男女明星搔首弄姿的花花绿绿的广告灯箱，还有三三两两黏在一起不愿意回家的情侣，节日气氛被渲染到了极致。但是她不再觉得孤单，她在心里对自己说："现在的孤单都是为了以后的荣耀，加油吧，超超！"

想太多的人

结果
往往很惨

💧

萧飞和董宁一起打车去了世贸天阶，在车上董宁还一百八十个不情愿，嘴里嘟囔着"有什么好去的啊那么多人"，可是出租车才刚刚到附近，他就兴奋得睡意全无，扒着车窗往外看，还不停拍萧飞的肩膀说："哎你快看快看，那边那灯真漂亮！"

萧飞忍住笑说："哥们儿，好歹你也是混了几年上海滩的人，怎么这么大惊小怪。"

"嘿嘿，你又不是不知道我，从来对这些洋节不感冒。别说圣诞节了，就是元旦我也没怎么庆祝过。"

"单身狗都是这样咯，越到节日越假装淡定，其实心里总在哀号'啊为什么没人跟我一起过节'！"

"哟哟哟，说的好像你多有经验似的。这大过节的你怎么不去跟你男朋友约会，把我骗到这儿来干吗？"

"能不能别总男朋友男朋友的，我都说了一百遍了他跟我没关系，他叫晏景和，是我们戴总的追求者，整天泡在我们店里那是为了等戴总，无聊的时候才拿我寻开心。"

两个人说话就下了车。今晚人多活动多，路面有很多警察巡逻，但是丝毫不影响年轻人狂欢的兴致。已经凌晨了，还有很多人没散去，流连在圣诞树底下不断用手机拍照或者自拍，嘴里喊着"耶"，冒出一串热气，在冬季的清冷空气里迅速散开。萧飞虽然嘴上打趣董宁，可她自己也是第一次凑热闹过"洋节"，特别兴奋，不知不觉就挽住了董宁的手臂。广场上不但竖起了近十米高的圣诞树，还立起彩灯装饰的旋转木马和凯旋门，这会儿过了十二点，高潮已经退去，但是从满地的彩纸碎屑和残留的烟花棒还可以想象最热闹时的情形。

"董宁你看这个!"

"啊真好看,哎那边儿也好看,走走过去看看。"

两个人像刘姥姥进大观园一样,眼睛不够用。

萧飞早有打算,一边东张西望一边拉着董宁往世贸天阶的电子大屏幕下面走。谢天谢地,屏幕还亮着,还有字幕在滚动着。董宁还在四处看,萧飞轻轻咳嗽了一下,问:"你听说了吗,这个大屏幕是暗恋者的福音呢。"

"什么?"董宁来了兴致。

"你看你离开北京这么久,一点儿都不关心家乡父老的精神面貌。"

"现在家乡父老都流行暗恋了吗?"

"胡扯。"萧飞拉着他抬头看。电子屏幕横跨在两个人的头顶,上面滚动很多节日祝福,时不时会有一条"某某某想对某某某说我爱你"之类的表白情话。

"看,就是这种效果,给屏幕发个短信,把想说的话编辑到短信里,就能显示到大屏幕上。"

"我还以为什么高级玩意儿呢。"董宁打了个哈欠,"不是我批评你,你可太跟不上国际形势了啊,现在都什么年代了你还玩这么落后的表白,你没见人家《老友记》里,十几年前就流行在球场的电子大屏幕上求婚了吗?"

"那可不一样。"

"哪儿不一样?"

"反正就是不一样！"萧飞生气，她觉得很浪漫啊，刚才还偷偷编辑了短信，正要发给大屏幕，一下子被董宁说得扫了兴。

"有话要当面说，不要当面不说，背后乱说！"董宁学着老干部的腔调，挥着手。

"去你的。"萧飞一边笑，一边把短信发了出去。

董宁觉得电子屏幕没什么意思，拉着萧飞往不远处的一个"埃菲尔铁塔"走。"这塔不错，我给你拍张照吧，等以后有机会真的去看巴黎埃菲尔铁塔了，两张照片放一起对比一下，肯定特好玩。"

"别别，先别走。"萧飞紧盯着大屏幕，生怕在一行行滚动的字幕中错过了自己的短信。她飞快识别着手机号码，啊，终于来了。她紧紧抓住董宁的衣服袖子几乎喊了出来："快快抬头看，快看！"

"干什么一惊一乍的！"董宁抬头看，居然看见了自己的名字，"嘿，还有跟我重名的呢。"他继续看字幕，一个字一个字地念出声，"董宁，我们认识快二十年了。感谢你一直陪在我身边，分享我的快乐，安慰我的伤心。有一句很重要的话我要告诉你：我喜欢你。你愿意做我男朋友吗？"董宁念着念着笑出来，"这是谁呀太二了，恶作剧吧。"可是看到后面的手机号码的时候笑不出来了，"哎？萧飞，这不是你的手机号吗？"他低下头转身找萧飞，却不见人了，四处看都看不到。董宁又抬起头看大屏幕，同样的内容又滚动着来了一遍。董宁一个数字一个数字地看了手机号码，没错，确实是萧飞的。可萧飞还是不见踪影。

直到这条短信滚动到第五次，董宁才在圣诞老人的雪橇后面发现了萧飞。她正像个鸵鸟一样,屁股朝外,蹲在地上,脸使劲儿扎在膝盖上,两只手还紧紧抱着头。董宁大步走过去,在她脑袋上用力按了一把,说:"出什么幺蛾子呢?"

萧飞只恨自己没有隐身衣。没有隐身衣,刚才趁他看短信的工夫一溜烟跑掉也行啊。为什么编辑短信的时候觉得这话情真意切挺诚恳的,被他一个字一个字地念出来之后那么傻啊。

"萧飞,起来起来,你这是唱的哪一出啊?"

"你就当我死了吧。"萧飞蹲着死活不起来。

"不起来我可动手了啊。"董宁两只手拽着她的两条胳膊往上用力,像拎一只小鸡一样把萧飞拎了起来。可是萧飞蹲得太久腿麻了,猛地站起来血往上涌,疼得她哎哟一声又蹲了回去。董宁不明所以,吓得赶紧也跟着蹲下,焦急地问:"怎么了?哪儿不舒服?"

萧飞用尽了所有勇气抬起头来看着他:"如果我说我发烧了,是不是刚才的事儿可以当成没发生过啊。"

董宁长出了一口气:"人家都过圣诞节,你过愚人节是吗?"说着起身要走。萧飞急了,站起来追他,可是腿还疼得一瘸一拐,不住"哎哟哎哟",董宁只好停下扶着她。"你是脑子短路了还是拿我寻开心呢?"

"我是认真的啊。"萧飞抬头看了一眼大屏幕,她那条短信还在滚动,"我怎么会拿你寻开心呢?我是想了很久才想到用这种办法告诉你的!"

董宁也抬头看了一眼:"这玩意儿是不是要滚一晚上?"

"不会，我可没那么多闲钱。"萧飞嘟囔道，"只滚二十遍而已。"

董宁一下子笑出声来："你是不是看我失业又失恋，想安慰我，才弄了这么俗气的表白来。行了你成功了，我笑了。"

萧飞预想的最坏的结局不外乎是被拒绝，可没想到董宁会把这当成"安慰"，她一下子急了，连声音都变了："这怎么是安慰呢，这是我憋了很久的真心话，你可以有喜欢的女神，就没想过有人喜欢你吗？"

董宁笑不出了，像不认识了似的，盯着萧飞左看右看。

"你说你喜欢我？"

"对啊。"

"确定不是愚人节？"

"愚你个大头鬼。"

"确定你不是想跟别人表白，却不小心把名字写成我的了？"

"我可没那么蠢。"

"确定你不是想跟别人表白，在拿我当陪练？"

"你自信一点儿行不行啊。"

"确定不是安慰我？"

"再否定我的真心我咬人了啊！"萧飞懊丧地一跺脚，"只怪我千算万算，还把时间给记错了。我一直以为今天，哦不，过了十二点应该是昨天了，是二十三号呢。我还特意为你准备了圣诞礼物，想在平安夜送给你的，结果礼物现在还在家里，我却在这儿傻乎乎地被你怀疑。"

"什么礼物？"然后，董宁一副恍然大悟的表情，"是不是给我买了个头盔？"

"你怎么知道？！"

"真当我傻子啊，别忘了我可是名牌大学法学院毕业了，那逻辑思维可不是盖的。一提头盔你就含含糊糊的，还撒谎，说什么给小孩子买的自行车头盔。"

"啊，这也被你看穿了！"

"我当天就买了护具给刘二婶家小孩子送去了，人家早就骑上自行车了，你这谎撒得一点技术含量都没有。"

"谁会想到你那么快实地取证。"

"扯远了，接着说你，你怎么回事，突然对我起了歹心？"

萧飞原本想了很多深情的话，也做好了心理准备两个人很可能像电视剧里演的那样尴尬得无话可说，可万万没想到董宁会冒出这么一句，忍不住哈哈大笑起来："你能不能正经点儿啊，我好不容易才决定跟你说说心里话，你这么吊儿郎当的，是觉得我可笑吗？"

"不不不，我只是觉得太突然，一下子有点儿跟不上你'基情四射'的节奏。"

萧飞没笑，有点委屈地看着他："你还是觉得我很可笑，对吗？觉得我只配当你的好'基友'，只能在你结婚的时候当个递戒指的伴郎。"

"该打该打。"董宁在自己的脸上抽了两下，"你也知道的，咱们当哥们儿这么多年了，我没想过你会喜欢我。"

"嗯，很正常，因为你眼里只有周琮。"

"我说点什么好呢。"董宁急得直抓头，眼睛往四处看，就是不敢

看萧飞。

"没事儿，什么都不用说。就像你说的，你刚失业，又失恋，心情正不好，我要是强加给你一段感情，你一定会压力大不开心，而我不希望你不开心。这么多年了，我只希望你开心。我之所以决定说出来，就是要你知道，无论发生什么，你都不是孤孤单单一个人，你身边有我呢，而且会一直有我，只要你需要，我就会陪着你，支持你，就像你一直陪着我支持我一样。你需要的时候，我就在；你不需要的时候，我就是小透明。好了，就这样吧，咱们回家吧。"萧飞使劲儿呼出一口气，都没敢多看董宁一眼，低着头就往路边走。

董宁一把拉住她，说："别急啊你，你倒是说完了，也得给我个发言的机会吧。"

"你想好说什么了？"

"呃，没有。"

两个人对视了几秒钟，都傻乎乎地笑了。

"真是糗死了，一点都不好玩。还以为这会是我这辈子做的最气吞山河的事儿，没想到连空气都没吞下一口。"萧飞沮丧地皱了皱鼻子，"也罢，像我这样表白的缺心眼的暗恋者估计你这辈子也就只能遇到一个了，这么想，你也该珍惜我，是吧。"

"那是。必须珍惜。"

"好了，想说的也说了，人也丢得差不多了，咱走吧。"

圣诞节的狂欢派对算是彻底结束了，圣诞树和旋转木马的彩灯整夜不灭，但人群已经散尽，街上显得冷清了。出于治安考虑，附近的街道禁止车辆通行，都放了路障和隔离带。叫不到出租车，萧飞和董宁只好步行一段落，到前面的路口拦车。经过了刚才失败的表白，萧飞已经没有勇气再开口说话了，而且无话可说，只顾低着头看着自己的脚尖儿。董宁平时话唠，这会儿竟然也没话说，只是安静地走在萧飞身边，偶尔衣服布料摩擦发出的声响，把沉默衬托得异常鲜明。

到了路口，一辆出租车唰地飞驰而过。萧飞一跺脚："哎呀，手慢了没拦住。"

"没事儿，再等一辆。你去哪儿？"

"啊，是啊，我还没顾得上想这个问题，晚上我妈问我是回家还是回学校宿舍，我说回学校，可是这个时候了，学校大门早关了。"

"那回家吧，我送你。"

"也只能这样了。"

好不容易等到一辆出租车，两人一起上了车。董宁坐到了副驾驶位置，萧飞一个人坐在后面。司机还挺有精神，开口闲聊道："小两口玩到这个点儿，爽了吧？"

董宁应了一声道："可不嘛，爽大发了。"

萧飞在后座，探过手去在他后脑勺上拍了一巴掌，没想到董宁一把揪住她的手，使劲儿捏了一把，疼得她龇牙咧嘴。

"居然敢偷袭我，忘了我眼观六路耳听八方！"

萧飞用另一只手捏他的手，嘴里还犟道："那也逃不出我的九阴白骨爪！"

董宁另一只手捏住她，两个人一前一后嘻嘻哈哈闹起来。这是他俩从小就玩的游戏，多少年没玩了，居然没忘。萧飞心里总算踏实了，谢天谢地，情侣没做成，朋友还是可以继续做下去的。司机不明白怎么回事，看他俩掐得欢实，笑着说："还没闹够啊，直接通宵吧。"

闹着闹着就到了萧飞家的胡同口。萧飞问董宁："你家也不远了，你不回去睡啊？"

"不了，我头上的伤还没好利落，万一被我妈看见，又唠叨起来没完没了。"

"那要不你去我家凑合一晚，明早绕道走，别被你爸妈发现。"

"不了，我调头回租住的房子去，过些天再回来住。"

"真对不住，害你有家不能归。"

"别废话了，快回家睡觉，要不太阳该出来了。"

萧飞下了车，却舍不得回家，站在车前看着董宁。董宁摇下车窗，说："怎么，想付车费？"

"去你的。没让你请吃消夜就不错了。走吧！"萧飞挥了挥手，却站着没动。

"走吧，回家吧，我看你进了门我就走了。"

"你先走。我看你们车调头了我就走。"

"哎呀别让了，你先走。"

司机实在看不下去了，插嘴道："住一块儿得了，费什么劲啊！"

萧飞像只老鼠哧溜一下溜进了胡同。她一边掏钥匙开门一边想，如果今天晚上不向董宁"表白"，说不定他们"哥俩"真会住一块儿。本来嘛，从小到大他俩也没少一起"睡"，幼儿园时睡过同一张床，小学时还趴在同一张课桌上睡觉，有时周末董宁去萧飞家打桌球，累了就直接在萧飞的床上睡个午觉。那些日子回忆起来都是干燥的阳光混着青葱少年湿漉漉的汗味儿，格外柔软绵长。可是如今，"窗户纸"被捅破了，董宁再不可能像从前一样大大咧咧跟她亲密无间了。萧飞觉得有些可惜。可是转念一想，是愿意继续让他蒙在鼓里把她当哥们儿，还是愿意让他明白她的心意把她当个女生？当然是后者啦。

萧飞乱想了一通，手里的钥匙不停地拧，门却没打开。完蛋了，她突然意识到，妈妈以为她今晚在学校宿舍不回家，一定是在里面把门反锁了。她进不去门了。

这老胡同里可没有世贸天阶那么重的节日气氛，别说圣诞节了，就是上帝亲自降临，也未必能扰乱它四平八稳早睡早起的节奏，这是几百年传承下来的节奏，谁都颠覆不破。凌晨三点，除了守门的狗和偷油的老鼠，没有谁会在外面徘徊流连了。想到这里，萧飞不由得在心里轻声叫了一句："天亡我也！"

正绝望着，肩膀突然被人拍了一下，萧飞的心差点儿没跳出来。

"啊你个混蛋，要吓死我啊，走路一点声音都没有！"

"小点声！"董宁压低嗓子，抓着萧飞的手腕，"跟我走。"

听到这三个字，萧飞只觉得一股热血要从心口喷出来，说不出是惊吓还是惊喜。难不成是那个司机师傅给董宁做了思想工作，让他突然变得积极主动？他到底说了什么啊会有这么神奇的功效，让这个倔驴几分钟就想通了。不管那么多了，反正他说了"跟我走"，就算走到天涯海角，就算走到南极北极，她也跟定了他。也许这么快就跟一个失恋又失

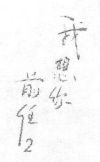

124

业的人在一起是不明智的，但是无所谓了，萧飞，当个太明智的人会错失很多机会不是吗，你已经矜持了太久，差的就是豁出去的拼命精神，今晚已经做了荒唐事，那就荒唐到底吧，宁愿荒唐到底也不能让以后追悔莫及啊。萧飞反手拉住董宁的手，热情地说："好！我跟你走！！"

那辆出租车还停在胡同口。萧飞随董宁上了车，心口还怦怦跳个不停。今夜会不会就是"那一夜"啊，这么稀里糊涂地睡了他会不会太草率？万一睡后他不认账，朋友就无论如何做不成了吧。可如果拒绝，就显得自己的表白太无力了不是吗？好吧不纠结了，都什么年代了，没关系没关系，有了关系也可以没关系。

董宁重新报了地址，才转回头来对萧飞说："是不是特盼望我出现，把你拉回来？"

萧飞脸一热，回他："胡扯。"

"我怎么会胡扯呢。你跟你妈说了晚上住宿舍，她肯定在里面反锁门。你进得去才怪！这么多年了我还不了解你。"

"啊？所以你才去找我啊。"

"要不然呢，你以为呢？"

萧飞的心跳顿时恢复正常速度。想太多的人结果往往很惨。

萧飞第一次去多人群租房。之前听董宁讲过房子的大致情况，三室一厅，董宁租的是其中最小的一间，隔壁次卧住的是另外一个正在找工作的大四男生，对面主卧是一对小夫妻，这套房子是他们整租下来又分拆着租出去的，算是董宁的房东。原本董宁短租一个月他们并不情愿，但是董宁付房租很爽快，又提出自己不做饭不占用厨房，所以才同意。

屋里很黑，大概都睡了。董宁怕吵醒别人，没开灯，用手机照亮，带着萧飞蹑手蹑脚回到他的房间。拉开灯的瞬间，萧飞有些心酸。这房间也太简单了，一张光溜溜的单人床，被子没叠，就摊在床上，电脑桌上放着董宁的笔记本电脑，还有一个超级简易的衣柜，就没别的了。衣柜的门已经歪了，隐约能看到董宁的大双肩包。好在暖气比较足，羽绒服根本穿不住。萧飞脱掉羽绒服才发现不知道放在哪里，只好在怀里抱着。董宁看了看她，明白之后笑着接过来，帮她叠了一下，塞进了衣柜里。

"反正就一个月，将就将就。这中间我还得回趟上海，有两门课要考试。住不了几天，所以懒得收拾了。"

"哪怕住一天也得住得舒舒服服啊。"萧飞一边说，一边动手想整理一下被子，没想到里面掉出一个黑乎乎的东西。

"啊，我找了一天没找着，居然在这儿！"董宁一把抓起来塞进衣柜里。

萧飞明白了，那是一只袜子。至于是干净的还是脏的，她尽量不去想了。

"你困了就睡吧，你睡床，被子是我新买的，没盖几天呢。"董宁又把手伸进衣柜的破门，变魔术似的拽出一个袋子，拆开居然是崭新的床单被套。"我买被子的时候顺手买了，可是又懒得铺。正好，全新的，给你用。"说着就动手整理床铺。

"我来我来。"萧飞抢着干活，非常麻利地铺好床单，然后开始

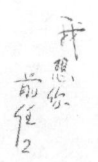

套被套,"不过咱说好了,你睡床。你还是伤员呢。"她指指他头上的伤,"万一休息不好伤口发炎怎么办。"

董宁扑哧一笑,说:"您老大半夜拉我去世贸天阶看滚动大屏幕的时候怎么不想想我是伤员,受不得惊吓。"

萧飞好悬没被这话噎死,顿时脸红:"好吧好吧,我这个笑话够你笑一百年的。"

"没有没有,"董宁清了清嗓子,"是我说错话了,掌嘴。"

两个人正说话,忽然听到外面门响,接着有轻微的脚步声和说话声,一男一女。董宁冲萧飞打了个"嘘"的手势,压低声音说:"我还以为都睡了呢,敢情都出去玩了,房东两口子回来了。"

"你带人回来,他们会不会有意见?"

"就一晚,没事,应急嘛。"

萧飞点点头,用很小的声音说:"你睡吧,我用你电脑看会儿电影,天亮我就走。"

"不行,你睡床,我趴桌子睡。"

"你是伤员,你睡床。"

"你是女孩,你睡床。"

让了好半天,突然隔壁有人大叫了一声,然后就是接连不断的叫声,有男有女。萧飞纳闷,认真听了一下,问董宁:"什么声音?"问完好像突然明白了,用手一捂嘴,压低声音说:"你不说你隔壁是单身汉吗?"

董宁也窘得不行:"这屋子隔音不好。"然后又义愤填膺地说:

127

"这哥们儿平时看片儿都用耳机,今天怎么用音箱了。大半夜不睡觉,瞎折腾。我去说说他。"

董宁开门就出去,萧飞听到他去敲隔壁的门,然后是含糊不清的说话声,很快,董宁回来了,反手关上门,非常紧张的样子。

"怎么了?"萧飞急切地问。

"X,不是看片儿,是直播呢。带女朋友回来了。"

萧飞先是一愣,然后忍不住哈哈大笑起来,又想到屋子隔音不好,赶快用手捂住嘴,憋得肚子疼。董宁先是面红耳赤,看到她笑成这样,索性也跟着笑起来。

"吵成这样也甭想睡觉了。"萧飞揉揉脸,"我好像也不怎么困,要不咱们看电影吧。你电脑里有好看的电影吗?该不会都是……嗯?那种吧?"

"说什么呢。"董宁打开电脑,调出一个文件夹,"挑吧,随你喜欢,想看什么就看什么。"

"哈,那就《侏罗纪公园》吧!"萧飞捧着电脑大大咧咧往床上一坐,往里挪了挪,刚好可以靠在墙上。

"这么老的片子啊,你不能跟上潮流看看新片啊。"

"嫌老?嫌老你干吗收在电脑里?"

"因为我喜欢温故知新!"董宁也并肩坐过来。

萧飞醒过来的时候,电影早就演完了,笔记本电脑已经进入了休眠模式,屏幕都黑了。房间的灯没有关,非常亮的节能灯泡刺得眼睛生

128

疼。她觉得脖子酸疼，动了一动，半边脸都麻了。起身一看，原来自己是靠在董宁身上睡的，他穿着毛衣，靠着墙睡在她旁边，她的半边脸上印的都是他的毛衣印子，而他的毛衣上亮晶晶的都是她的口水。萧飞把电脑推到一边，一头倒下去，又栽进了一枕黑甜。

再次醒来的时候天光已经大亮。萧飞揉了揉眼睛，发现自己好好地睡在床上，头下面有枕头，身上盖着被子，条件反射地摸摸衣服，穿戴整齐，又伸手使劲儿在旁边摸索半天，并没有董宁。说不出是放心还是失望。孤男寡女共处一室同睡一张床，居然什么都没发生，她也太失败了吧。

正胡思乱想，一个纸袋在面前晃起来，相伴而来的就是董宁的声音。"快起床，早餐来了。"肉、蛋、面包的香味儿一起钻进鼻孔，"你爱吃的猪柳蛋汉堡。"

萧飞高兴地一跃而起："你什么时候出去买早点的，我一点儿都不知道。"

"还说呢，你睡着了死沉死沉跟恐龙似的，我拽了半天才把你放倒。"

"胡扯，恐龙也有轻的，还能飞呢！"

董宁被她逗笑。"顺便给你买了毛巾牙膏牙刷"这句话还没说出口，萧飞已经把汉堡塞嘴里了，一边吃一边还嘟囔道："不过我这个冬天确实胖了几斤，都怪店里蛋糕太好吃了，老板说当天卖不掉的点心我们可以都吃完，李超超不吃，都给我了。"

"人家怕胖，你就不怕？"

"我不怕,我已经决定吃好吃的东西过有肉的人生了。"

"慢点吃,还有五谷豆浆。"

"太棒了,都是我的最爱!"萧飞真饿了,吃得狼吞虎咽,喝了一大口豆浆,"居然不烫?真好,我每次喝豆浆都被烫。"

"知道你猴急猴急的,我帮你凉凉了。"

"怎么凉的,好像很快。"萧飞说着又喝了一大口。

"我先喝了一半,然后兑了半杯自来水。"

萧飞差点儿喷出来:"孙子!给我喝你的剩豆浆!"

董宁笑得跺脚:"骗你呢。买回来有一会儿了,一直在窗户外面帮你凉着。"

萧飞狐疑地看了看他,又小心翼翼喝了一小口豆浆,好像确实没有掺自来水,才放心地继续大吃大喝。"你今天有什么安排?"

"我下午有个面试,是这边儿的一个律师事务所。"

"真不错啊,你就该做你本专业,可千万别去什么快递公司了。"

"难啊,我投了简历都没报什么希望,能去面试都觉得意外。"

"今天圣诞节呢,圣诞老爷爷会给你好运气的。"

"好运不好运的,还是看自己能力。我司法考试没通过,拿不到资格证,进律所太难了。这家又有名气,估计法务的工作都轮不到我。"

"你要对自己有信心嘛!你是名牌大学毕业生,专业对口,司考没通过不代表你以后永远通不过呀!我用十年的礼物跟圣诞老人交换,换你一份律所工作。"萧飞吃完了汉堡,擦擦嘴。

"你呢?还去咖啡馆?快期末考试了,你兼职停一停吧。"

130

萧飞听到这话猛地一惊："糟了，今天周几？"

"周二。"

"你确定？"

"必须确定啊，我下午面试。"

"不得了了，我上午有专业课，最后一堂课，老师说了要点名还画考试的重点呢！"萧飞说着冲到衣柜前揪出自己的羽绒服，又端起桌上没喝完的豆浆，一边喝一边往外跑。董宁追着她出去，喊着："你别着急，还赶得上。"

"哎呀不行，这会儿堵车可厉害了！"

萧飞飞快地跑下楼，一边跑一边穿羽绒服。董宁只穿着毛衣追着她到外面，塞给她一百块钱："打车去吧，别急，晚到一会儿也没事。"

萧飞接过钱转身就拦了辆出租车，头也不回地钻进去，完全没听见董宁喊"你衣服上有东西"。

董宁看出出租车渐渐开远，摸出手机来想给萧飞发个短信，可是想了想，放弃了。她的羽绒服帽子上挂着一只他的袜子，他默默向圣诞老人祈祷道："我愿意用接下来十年的礼物交换，请让那只袜子掉在出租车上吧。"

**失望已经成为
一种习惯**

💧

萧飞赶回学校上了最后两节专业课，又返回咖啡馆上班。快到店门口的时候已近午饭时间，她想了想，没急着进去，而是绕道去不远的一家比萨店买了个海鲜比萨。这是李超超最爱吃的。她从来不带午餐上班，也不吃店里的简餐，除了偶尔叫一次外卖，几乎不怎么吃东西，她说要减肥。

不出意料，李超超黑着脸根本不想跟萧飞说话。萧飞嬉皮笑脸捧上比萨说："圣诞老人给你送礼物啦！"

李超超只是低头擦杯子，视线故意绕开比萨。

"我道歉，今天上午没打招呼就缺勤。实在是突发情况，我忘了今天上午有专业课，不能逃课的。偏偏我的手机没电了，想跟你说一声都不行。原谅我吧！"说着又双手把披萨往李超超眼前捧。

李超超并没笑，还是很严肃地说："没有必要跟我道歉，我不是老板，也不是店长，跟你一样是个端茶倒水打扫卫生的服务生而已。上午没什么客人，老板也没来，你不来老板也不知道。你不用害怕。"

"别别别，老板不在，你就是负责人。我今天缺勤半天，自己去考勤本子上记一下。"萧飞说着就把比萨放在了吧台上，自己去记缺勤。转身回来，发现李超超已经开始吃比萨了，于是笑嘻嘻说："我就知道你最好了，不会真生我气的！"

李超超叹了口气，问："昨天晚上去哪儿野了？"

"什么野不野的，就在世贸天阶逛了逛，然后回家睡觉了。哎我跟你说，你也去看看吧，那边夜景可漂亮了。估计跨年还有活动，到时候咱们一起去吧！"

"我可没你那么走运,有帅哥保驾护航。"李超超一只手拿了一角比萨,另一只手往萧飞身后一捏,"还不承认出去野,东西都没收拾利落,怎么着,夜不归宿还要昭告天下呀。"一只黑色的男式袜子被捏在她手里。

萧飞尖叫一声:"你在哪里发现的?"

"就你身上啊,在羽绒服的帽子里。你就这么挂了一上午啊。"

"我死了!"萧飞哀号一声,"别拦着我我去死了!"拿起一个盘子就往头上拍。

"不过你俩也挺有本事的,"李超超继续落井下石,"平安夜都能开到房,是不是那小子早有预谋提前预订了?"

"别说了好不好!"萧飞抢过袜子直接丢进垃圾箱,转回头对李超超谄媚地笑,"拜托别告诉别人啊。"

"咱们店就这么大,我还能告诉谁,无非就是后厨、供应商、常客,再加上偶尔过来打桌球的人。要不然,"她清了清嗓子,"编个段子,在公共微信号上发一下?咱们阅读量一直上不去,说不定这段子一出,马上是10W+了。"

"算我求你了还不行嘛!"

"怎么求我?"

"我打扫卫生一星期。"

"我喜欢打扫卫生。"

"我替你干,你监督。"

"不行。"

"那，我洗所有的盘子杯子勺子叉子，一星期。"

"好像还不太够。"

萧飞咬咬牙说："我请吃一星期比萨。"

"一星期？"李超超转转眼睛，"元旦跨年外加一顿大餐。"

萧飞有种万箭穿心的感觉，不过还是咬牙答应道："成交！"

总算是封住了李超超这张嘴，萧飞又想到一件事："超超，你昨晚是最后离开店里的吧？"

"当然啊，你们一溜烟都跑了。数你跑得快，里面隔间的卫生没打扫，灯也没关。"

"啊抱歉抱歉，我太激动了。有件事想问你啊，你有没有在里面的隔间捡到名片？"

"什么名片？"

"是一张律师名片。"萧飞比画着，"纸张特别好，有暗花，但是头衔很简单，只有律师的名字和律所的联系方式。"

李超超迟疑了一秒钟，果断说："没有，没看到。戴总一直交代里面隔间由你负责，我怕碰乱了，没进去，只关了灯。"

"哦，那肯定是我丢在别的地方了。"萧飞叹了口气。

"很重要吗？"

"嗯，我家里有点麻烦，晏景和好心帮我介绍了大律师，名片却被我弄丢了。"她只顾着自责，没有注意到李超超复杂的眼神。

忙到下午，店里没什么客人，萧飞抽空翻了几页专业课课本。这学期逃课逃得有点狠，缺了很多课堂笔记，眼看快期末考试了，她跟班里同学借来笔记准备临时抱佛脚。刚看了一会儿，戴安发了条微信过来："大家都在店里吗？"

"在。"

"我一会儿到。"

停车位总是不够用，这是戴安懒得去店里的原因之一。今天圣诞节，出来泡咖啡馆的人格外多，戴安不得不把车停到了比较远的停车场，然后步行去店里。贝西西的电话打过来，一听就是还没睡醒。

"昨晚过得如何呀？才子佳人，在新酒窖里品酒撸猫，所有好事儿你都占全了，我还没起床呢就急着知道剧情进展。"

"有才子，有佳人，有酒窖，有猫，但是没进展。"戴安一只手拿着手机接电话，另一只手拎了大包小包的圣诞礼物。

"什么情况，翻出陈年旧账来，吵架了？"

"要是能吵架也好。"

"到底怎么了？"

"我一直觉得自己是仙女的命，现在才发现老天爷给我谱了支极逗的人生主题曲。"

"这事儿严重了。晏景和又怎么气你了。"

"不是他，是他家肚兜儿。"

贝西西一时没听明白，问道："什么？什么肚兜儿。哦，猫啊。猫怎么了？"

"拉屎。不停地拉屎。"戴安咬牙切齿地说了一句，"好好的平安夜，我俩从晏景和郊外的别墅开车一路狂飙去给他家肚兜儿找兽医，治腹泻。过节呀，连兽医都带着自己家的狗出去嗨了，我俩找了好久才找到开门的宠物医院。"

贝西西笑得把床垫子敲得梆梆响。"人才呀！戴安，你就从了晏景和吧，他是老天爷派来驯服你野性的天使啊，哪儿找这么可爱的人去。让你成天上赶着追着什么马叔叔跑，这次换成猫哥哥围着你团团转。"

"损我吧，尽情损我吧，我一点儿脾气都没有。"

"那马天越呢？没找你？"

"没有，他没有过洋节的习惯。"

话说出口，戴安看了看手里拎的礼物。马天越没有过节的习惯，但是给店里的每一位员工都买了圣诞礼物。他都没有跟戴安说一声，自己在网上买了礼物，快递送到了医院，戴安才知道。若不是戴安死命拦住，他还想亲自溜出医院送到店里。戴安逗他说："好歹我也算店里一个荣誉顾问吧，礼物是不是也有我一份？"马天越愣了一下，说："还真把你忘了，对不住了，下次补上。"戴安笑笑说："没关系，我的失望已经成为习惯。"

"你下午什么安排？"贝西西问。

"暂时还没有安排，我还得替马天越当跑腿小妹，把礼物都送到店里。"

"晕死，他那是连锁店啊，你都要跑一趟？"

"不需要，其他家都有店长，我照顾的这家没有。忙完我联系你吧。"

戴安收了线,单手推开店门。李超超赶紧迎过来接东西:"戴总,我来提吧。"

"总算是到了,累死我了。"戴安把礼物交到李超超手上,"马总送大家的圣诞礼物,上面都贴了条子,你给大家分一下吧。"然后坐到了窗边。

李超超把礼物分发下去,萧飞连忙端了一杯咖啡给戴安。"戴总,圣诞快乐!"

"谢谢!不瞒你说,这还是我今天收到的第一句圣诞快乐。"

"不会吧,那个,"萧飞两只手在脸颊做了个猫胡子的表情,"肚兜儿呢?"

戴安扑哧一乐,说:"别提了,昨晚郁闷死了。肚兜儿的平安夜一点儿不平安,还肚兜儿呢,连自己的肚子都没护住,上吐下泻,我和眼镜盒儿陪着它在宠物医院输液,折腾了一晚上,天快亮了才回家睡了一会儿。医院又给我打电话说马天越闹着要出院,我急忙赶过去。这节过得,比圣诞老人还忙。"

"马总为什么要出院?"

"惦记你们呗,想陪你们过节,给你们送礼物!"戴安说着从包里掏出一叠红包,抬手扬了扬,说:"大家都过来一下。"

李超超、咖啡师和后厨的两个人都围过来。

"这段时间马总住院,顾不上店里生意,多亏大家尽心尽力才没耽误赚钱。马总特别感激大家,原本是要从医院溜出来给大家送礼物的。被我拦下了。你们知道,他动了大手术,需要好好休息,到现在还没拆

138

线。礼物送到了,我替他说句圣诞快乐。"她开始派发红包,"这是元旦的跨年红包。我不确定那天能够赶到,所以提前给大家发了。这些天我替马总打理店面,我又不懂,有什么做得不对的,大家多担待。新的一年咱们好好干发大财,让马总给你们涨工资!"

大家原本就喜欢戴安,拿了红包就更高兴了,都带着笑容回去做事。戴安叫住萧飞,问道:"你是不是该期末考试了?"

"对,课都上完了,现在在复习。"

"你整天待在店里怎么复习呀,要不放你假吧?"

"啊?"萧飞吓了一跳,还以为这是辞退她的婉转说法,"戴总,我知道这段时间我给店里添了不少麻烦,不过我以后会很小心的。再给我一次机会吧。"

"你想多了。"戴安喝了口咖啡,"这咖啡不错。"冲吧台招了一下手,说:"这咖啡给我一杯外卖的。"边说边掏了钱放在桌子上,然后又转向萧飞,说:"我是真心怕你耽误复习功课,你要是不怕耽误,我巴不得你做全职呢,现在生意这么好,李超超一个人也忙不过来。"

"不怕不怕,下班回家照样可以复习的。"萧飞总算是踏实了。

"那行,你照常上班吧,我跟马总说一声,给你按全职算工资,以后需要上课就外出请假,在工资里面扣。其他小费什么的照算,怎么样?"

"那太感谢了,戴总!"萧飞激动得恨不得去跟戴安握手。

"不用谢,你也算是咱们店里的'招牌菜'了,现在我朋友都知道店里有个自学成才的斯诺克高手,贝西西还在朋友圈里夸你呢。孩子,你要红了。"

萧飞嘿嘿傻笑。

"对了,你跨年有安排吗?"

"跨年?应该没有。"萧飞心里是很希望跟董宁一起跨年的,可是这大半天,董宁一条信息都没给她发,她不确定经过这个不平静的平安夜之后他们还能不能一起跨年了。

"那好,我替晏景和给你发个请帖,去他家跨年,大party,热闹得很。"

"啊,不好吧,我……"

"怎么啦,不给面子?"

"不不不,我是怯场。那些人我都不认识。不过,我可以去做兼职服务生。"萧飞的眼睛一下子亮了。

"戴总,您的咖啡好了。"李超超把外卖咖啡放到戴安手边,戴安把钱递给她,说了句"谢谢",接着对萧飞说:"你能不能有点追求,就想这么一直当服务生是吗?"

"可是我不会干别的。"

"你不是会打球吗?"

"哦,这个可以。派对上需要陪练吗?"

戴安被她气乐了:"你还能不能踏踏实实参加个派对了,合着我给你发的不是请帖,是招聘启事?"

萧飞不好意思地笑:"我没参加过跨年派对,不知道要做什么。"

"什么都不用做,吃喝玩乐就行了。你一直喜欢的那个男孩也去,

140

叫什么来着，我一下子想不起来了。睡眠不好真的是损害记忆力。"

"董宁？"萧飞不假思索。

"董宁？不是这个名字。打斯诺克的。"

"啊！"萧飞尖叫起来，恨不得抱住戴安，"你没开玩笑吧？我的斯诺克偶像？你是说，我的斯诺克偶像会去晏景和家参加跨年派对，而我可以面对面见到偶像，跟他一起在晏景和家参加跨年派对？"

戴安揉了揉额头，说："你快把我绕晕了。是的，是这么回事。你去不去？"

"我去啊！下雨下雪下刀子我都去啊！啊我要穿什么衣服好呢，我没有礼服裙，也没有高跟鞋，穿普通的休闲衣服会不会显得太随意了？他会穿什么衣服去呢？晏景和家有球桌吗？我能跟偶像来一局吗？派对上有人负责照相吗？我怕手机拍照效果不好。我能带自拍杆吗？"

戴安翻了个白眼："那就这么定了，三十一号下午你在店里等我就好了，我带你过去。反正进了派对之后我就可以假装不认识你了。"

懂事的女人
最吃亏

董宁这几天没再主动联系萧飞。面试那天傍晚萧飞给他发了一条短信，问他感觉怎么样，董宁只说了句："没什么感觉。"萧飞跟平时一样语气快活地回复："没有感觉就是好感觉呀，说明你没紧张，一切进展顺利，说不定过几天就能接到电话被录用了。"董宁没再回复。他没告诉她，其实他当场就被拒绝了，因为他没有通过司法考试，这是这家律师事务所进门的硬指标，没有谁能例外，之所以给了他面试的机会，人力资源的人解释说："是看你的毕业院校还不错，想看看你们学校人才的平均水平。"董宁强压着一肚子火没有发出来。不过反过来想想，也好，他之前找工作都集中在上海，因为一门心思想陪周琮留在上海，现在没这个必要了，要回北京，而他缺乏在北京这边的面试经验，多一次尝试总是好的。

头上的伤已经好了，拆了线，基本看不出痕迹来，他把头发精心梳理一下，以免被眼尖的老妈看出蛛丝马迹。后来对镜子照了照，似乎又过于整齐了，又用手胡乱抓了抓，跟以前差别不大，这才放心地回家了。老妈包了饺子，要他一定回去吃。

"妈，我已经离开快递公司了。我还是想做法律专业的工作，实在找不到我就在家复习一年，再考一次司考。"董宁一边吃饺子一边说。

"太好了，儿子，你总算想明白了。送快递多累呀。"

"妈，我不是送快递，是储备干部，体验一下一线工作而已。"

"算了算了，反正已经辞了，辞得好，我儿子就应该当大律师！"董妈妈高兴得往董宁的碗里添了一头蒜，"妈支持你，找不到好的工作就在家复习，慢慢找。只要你别再胡闹，说什么留在上海的话就行。"

"您以为想留就能留啊，难着呢。"董宁擦了擦嘴，"我吃饱了，过几天还得回学校，有两门专业课要考试，我去复习了。今天住家里。"

"儿子，回家来住吧，你放着家里好好的房子不住，租什么房子，浪费钱。"

"我是怕丢了工作又找不到新工作，您骂我呀！"

"臭贫！"董妈妈疼爱地在儿子脸上捏了一把，"妈都想死你了怎么舍得骂你。"

"回屋看书去了。"

董宁回到自己的屋子把门关上，打开电脑看招聘信息，深深感到了一个应届毕业生的绝望。到处都是要"有工作经验"的，应届毕业生哪儿来的工作经验呀，尤其是他这个专业。关掉招聘网站，打开微博，一刷新，刚好看到周琮的更新，她从香港回来了，晒了一张跟未婚夫的甜蜜合影，手上的订婚戒指格外闪亮，背景是一个看起来金碧辉煌的酒店，说要在北京一起跨年。董宁笑了笑，关了网页。说来也怪，才几天的工夫，好像已经过了几辈子，周琮，这个他从初中到大学喜欢了近十年的女孩，戴了别的男人送给她的订婚戒指，完全变成了一个陌生人。他喜欢的是那个永远温柔娴静、轻声说话安静读书写字的清纯得一尘不染的女孩子，怎么一转眼就变成了秀钻戒秀恩爱的俗气少妇。都说春梦了无痕，他这一梦梦了十年，醒得太突然，又太沮丧，就像甜蜜的冰激凌吃到最后一口突然变成了臭鸡蛋。

董宁干脆关上电脑，躺在床上看手机，打开微信看看，萧飞前天

144

发过一条朋友圈消息，是三杯并排的超大杯咖啡，依次用奶油做了拉花，分别是happy new year三个英文单词的开头字母，还配了条文字说明："我们的咖啡师就是这么棒！"后面跟了三个脸蛋红扑扑的可爱表情。董宁笑了，那个表情符号跟她还真有点像，眼前不禁浮现出萧飞的样子，眼睛弯弯的，笑起来鼻子有点皱巴巴，嘴角倒是挺好看，永远往上翘，不多不少露出八颗牙，简直天生就是做"服务生"的料。董宁不禁被自己这个想法逗乐了。他有点吃惊，他居然想不出萧飞没有表情的时候长什么样，因为她永远有表情，不是在笑就是在哭，笑起来是真开心，哭起来也是真伤心，当然笑的时候居多。他们从记事起就在一起玩，直到他去上海读大学才"分开"，寒暑假匆匆见一面，根本就没有仔细看对方的机会。上一次近距离好好看她，还是……哈，对，是平安夜，两个人并肩坐在一起说好了要看《侏罗纪公园》的，结果恐龙还没出来，萧飞就睡了过去，口水流了他一身，他又不忍心叫醒她，就那么看了她一会儿，小脸睡得红扑扑，就像小猪佩奇。

想到平安夜，董宁有点慌乱，萧飞杀了他一个措手不及，那个大屏幕的滚动字幕害得他做了几次噩梦。他是真把她当哥们儿的，所以才那么亲密无间无话不说。她突然要晋级成女朋友，这事儿他完全没心理准备。不知道她是怎么想的，他的想法……董宁想象了一下，要是跟萧飞一起手拉手逛街、吃饭、看电影，然后在好风景里接个吻，再……他不禁抽了自己一个嘴巴，想太多了吧。可是，谈恋爱的话，这些是必然的不是吗？网上说，朋友做太久了就做不成恋人了。他还记得《老友记》里Rachel和Ross刚从朋友转为恋人的时候，正式约会就是因为一接吻就大笑而尴尬结束。不过,《老友记》里Chandler和Monica不是突破朋友界限很容易吗,直接就把彼此睡了,还睡了好几遍……董宁又抬手抽了自己一个嘴巴,春天还没到呢怎么就想这些没用的,你现在没工作没女友正处在精神衰弱意志薄弱期,人家女孩子说喜欢你是非常认真非常坦诚的,可别把人家的真心当成无聊时候的填充。

　　乱七八糟想了一堆,已经八点多钟了,董宁抓过一本课堂笔记来想准备考试,却一个字也看不进去。今天是今年的最后一天,跨年的人多,咖啡馆估计又加班,她又得工作到凌晨吧。平安夜那天是为了带他去世贸天阶表白才故意逛他过去接她下班的,今天没有理由了,她得一个人回家了,太危险了。董宁拿过手机给萧飞发微信:"是不是又要加班?我去接你。"等了好半天,却没回复。"大概是忙吧。"董宁嘀咕了一声,检查了一下手机铃声已经开到了最大,就把手机放在了枕头边上,继续看笔记。

　　眼看快十点钟了,萧飞还没回信息,董宁莫名烦躁起来。该死的,跑哪儿去了,咖啡馆忙到没空看手机吗?或者,没在咖啡馆,跟朋友一起跨年出去玩了?这个念头在脑中一闪而过,董宁居然有点紧张。她在哪里,跟谁在一起,对他来说有那么重要吗?分开这几年,他何曾担忧过这些?可是现在不一样了,她是跟他表白过的人,他突然就有了种毫无道理的占有欲,他觉得萧飞如果要去跨年,应该是跟他一起才对。他拨了一下萧飞的手机,关机了。一股热血往上涌,董宁往萧飞家的台球厅拨了个电话。早些年手机没流行的时候,这部公共电话帮了大家好大的忙,后来大家都用手机,座机几乎闲置了,萧飞几次让妈妈把它取消,萧妈妈说每个月没几个钱,开着吧,万一谁手机没电了又着急打电话,还能用一下。可巧,今天董宁用到了。电话通了,接电话的是萧飞的妈妈,董宁问:"阿姨,我是董宁,萧飞在家吗?"

萧妈妈有点惊讶,但还是很热情地说:"是大宁呀,听小飞说你回北京啦?"

"嗯,阿姨我回来了,在这边找工作。萧飞在家吗?"

"小飞没在家,她不是在一个咖啡馆做兼职工作吗,今天加班去了。"

董宁放下电话,说不出是高兴还是失落。越没她的消息,就越渴望她的消息,既然她说了去工作那就一定是去工作,她是不会骗她妈的。董宁决定去找她。今天客人多,跨年狂欢么,喝酒的也多,他们店里老板不在,又没个能撑场面的,万一再遇到上次那样闹事的酒鬼可怎么办。董宁越想越紧张,几乎已经确定萧飞遇到事情了,穿了衣服就往外走。

董妈妈正在客厅看电视,看儿子这么晚了还往外走,紧着追问:"去哪儿?"

董宁头也不回地说:"约会!"

咖啡馆里客人坐得满满的,李超超应接不暇,连咖啡师和后厨的人都充当了服务生,时不时帮李超超招呼一下客人。店里咖啡、甜点、炸薯条的香味交融在一起,伴着蜜糖色的灯光和轻柔的《雪绒花》音乐,节日氛围颇浓。董宁往吧台前一站,李超超一愣,马上认出来了,热情地招呼说:"怎么,这个点儿还送快递?"

董宁笑说:"别逗了,萧飞今天上班吗?"

"上了,不过早退了。"

"知道她去哪儿了吗?"

"跨年去了呗!"

有人埋单,李超超忙着收银、送新年小礼物,不再跟董宁说话。董宁更着急了,追问:"那你知道她去哪儿跨年了吗?"

"这倒不知道。"李超超耸耸肩笑了一下,"不过肯定是什么高档地方吧,公子哥儿接走的,好像是去他的别墅参加派对吧。"

董宁明白了。居然把那个"烦人精"忘了。烦人精想必也没那么烦人吧,至少比他这个找不到工作又拒绝了她的人强。萧飞那么可爱的人,是该有人对她好的。想到这里,董宁心中涌起的那股热血凉了下去,点点头对李超超说:"我知道了,谢谢你啊,我也是出去跨年路过这儿想问问她要不要一起去的,既然她出去玩了就算了。别跟她提起了。再见。"

李超超应了声"再见",转身去帮咖啡师拿杯子,再转身过来的时候,面前站着一个人,居然是谭鑫。他出现得太突然,李超超都没来得及把决绝和冷酷挂在脸上,只是惊讶地问:"你怎么找到这儿来了?"

"我问了好多人才知道你在这儿上班,环境还不错。"

"今天忙,客人太多你也看到了,别打扰我工作好吗?"

"我不打扰你,我等你。"刚巧里面角落的位置空了出来,谭鑫坐了过去。

李超超心烦意乱，跟了过去，问他："对不起，不能这样坐在店里，你喝点什么吗？"

"能给我一杯白开水吗？"

"没有免费的白开水。"

"那就给我一杯最便宜的白开水吧。"

李超超恨得牙疼，他怎么还是这副穷酸相。她强忍着没发火，压低声音说："谭鑫，有什么话以后再说行吗？今天店里很忙，我没空儿招呼你。现在是我工作的关键时期，老板住院，我得像店长一样全权负责。"

"超超，你真棒！"

"你怎么就不明白呢，咱们俩不可能了，你别在这儿浪费时间了。"

"那好吧。"谭鑫站起来，"我先走了，不打扰你工作。改天再联系你。"

"不要联系了，我很忙。"

谭鑫从口袋里摸出一个红色的信封递给她："这是我亲手做的贺卡，祝你新年快乐！"

李超超一把抓过来，没说话，没看他。

谭鑫终于走了。李超超好一阵心烦意乱，那张贺卡看都没看直接甩进垃圾桶，她甚至不自觉地把这份烦躁转化成恨意，转嫁到萧飞的头上，凭什么她萧飞就有豪车接走去参加明星阵容的私人别墅派对，而她李超超比她能干比她勤快比她努力，偏偏只能加班到凌晨还要面对一个阴魂不散的穷酸前男友。凭什么。凭什么。李超超终于明白了以前看到的一句话，人的幸福都源自满足，痛苦则源自不再满足。

萧飞狂打了两个喷嚏，这已经是今晚的第二十个了，她后悔为了"显瘦"穿得太少了。晏景和的房子是新装修的，一切都好，偏偏供暖系统不是太好，有待进一步完善，宴会厅开了暖风，可取暖效果不尽如人意。萧飞为了跟斯诺克偶像近距离接触合影时显得好看些，穿了最喜欢的一件衬衣，美是美了，就是太薄，太冷，合影时狂打了两个喷嚏，险些把唾沫飞到偶像脸上。

戴安下午开车把她带过来之后就忙着去跟别的朋友聊天了，晏景和根本就没露面，萧飞一个人在大院子里闲逛。晏景和的朋友里喜欢桌球的有不少，所以宴会厅的一角专门放了张美式台球桌，一直有人摩拳擦掌。萧飞不懂金融，也不懂品酒，没滑过雪也没出过海，完全没办法跟那些人对话，她只对桌球有兴趣，干脆守在球桌旁边看人打球，也算自得其乐。后来，天渐渐晚了，陆陆续续来了很多"贵客"，萧飞眼尖地发现有几位明星，激动得拿手机不断拍照，很快就把电量耗没了。她又没有随身带充电宝的习惯，更不知道去哪里找充电器，只得干着急。

终于，又打了十个喷嚏之后，萧飞在人群中找到了戴安。她正跟贝西西在客厅的一角聊天，萧飞像得到救星一样冲过去问："戴总，你有没有充电宝？"话音没落，又是连着三个喷嚏。

"是小男友想你了吧。"贝西西坏笑，"斯诺克小神童，我还没来

150

得及问你，你的表白怎么样了？"

戴安一听就来了兴致："什么表白？那个快递小哥？"

萧飞窘得一塌糊涂："别提了，丢死人了。你们要是可怜我就借我个充电宝用用吧，我刚才忙着跟明星拍照，手机没电了，现在想打个电话都打不出去。"

贝西西晃了晃自己的小手包，又指了指戴安的，反问："你看我俩像随身带着充电宝的人吗？"

"找晏景和，这是他家啊，要为客人考虑周到。"戴安四处望了望，"不过这花心少爷不知道跑哪儿寻花问柳去了。请了我们来，又一直把我们晾在这儿。"

"你真忍心这么说他啊，得了吧你，刀子嘴豆腐心。"贝西西说。

"我这次可是刀子嘴刀子心。"

"他也挺倒霉的。你体谅体谅。今晚别出乱子才好。"

"我就是太体谅别人才委屈了自己。懂事的女人最吃亏。"

萧飞插不上话，听起来水很深，不敢随便打听，就知趣地说了句："你们聊吧，我去别处看看能不能找到充电器。"

萧飞返回宴会厅，拦住一个服务生："请问，哪里可以给手机充电？"同时狂打了四个喷嚏。

服务生笑着递给她一个充电宝，并且非常贴心地问她："是不是着凉了？今天供暖有些问题，很抱歉。"说着像变魔术一样转身就给萧飞拿过来一条披肩，还有一盒感冒药，"希望可以帮到您。"

"太感谢啦！"萧飞兴奋地把披肩往身上一裹，接过感冒药，捧着充电宝跑到一个角落,连接手机,想一边充电一边开机,却怎么都开不了机。这毛病有好长时间了,必须要充好电才能开机。"该死的手机,关键时刻掉链子,看来我必须让你下岗了。"

萧飞等着手机充电,不知道做点什么好,周围衣香鬓影,却没有个可以说说话的人。她觉得有点冷,担心是不是发烧了,赶紧给自己泡了杯热茶,拿了一块点心,溜溜达达转到了一楼走廊尽头的一间屋子。屋门没关,她探头看了一眼,居然是书房,里面一面墙的书架,一面落地窗,不过厚重的窗帘拉了个严严实实,窗边有张看起来非常舒服的沙发,刚好可以窝进去。

"有钱人真是懂得享受啊。"萧飞感叹着找到了宝地,抱着手机和充电宝坐过去。这屋子隔音真棒,外面派对正热闹,里面却丝毫不受干扰,她窝在沙发里就着热茶吃完了点心,又吞了两粒感冒药,等着手机充电。手边刚好有一本打开的书,像是看了一半随意反扣在那里的,萧飞拿过来看,居然是讲青少年心理的。

"晏景和真是涉猎广泛,还以为他只喜欢滑雪品酒撸猫,竟然连心理学也拿来消遣,还青少年心理。"萧飞吃饱喝足觉得暖和了不少,裹着披肩窝在沙发上看书,竟然不知不觉睡了过去。

感冒药见效快,萧飞这一觉睡得香极了,醒来的时候书掉在了地上,手机充电的显示灯已经绿了。

"天哪,我吃了感冒药还是安眠药。"她赶紧打开手机,发现一条董宁的短信,还是八点钟的时候。现在几点?她看看时间,晕死,已经快十一点半了!萧飞冲出书房,发现宴会厅空无一人,没用完的酒水点

152

心还都在原位,甚至连台球桌上的球局都是半途而废。

"人呢?跨年派对,不等跨年就散了?还是我这一觉睡到了什么平行空间?"她胡思乱想着,四处走了走,真的一个人都看不到。她试着喊了一声:"还有人在吗?"没人回答。

没人的宴会厅显得更冷清了,空调的暖风倒是还在卖力地吹着,却丝毫不觉得暖和。萧飞把披肩裹紧些,又往外面走了走。这次,她听到有人说话了。是个女人。

"晏景和,你不会有好下场的。"

"这个不劳你费心。"是晏景和的声音。

"有我在,你一天好日子都别想得到。"

"你试试看。"声音虽然是晏景和的,但是语气与以往完全不同,一字一顿,低沉冷静,丝毫没有平日里的乖张顽皮。

萧飞被好奇心驱使着,轻手轻脚往院子里走过去。院子里装饰了节日彩灯和彩旗,热闹繁华好似游乐场,气氛却很凝重。一个女人站在晏景和对面,看不清楚脸,只看得见长长卷卷的头发披在白色羽绒服的外面,而晏景和只穿了一件白衬衣。

"你从我这儿拿走的,我让你用一辈子还!"女人手里一杯红酒哗地一下泼到了晏景和的脸上和身上,"你记住了,从今以后的每个新年你都不会安宁。"说完这句话,她扬长而去。

电视剧一样的情节在眼前发生,萧飞看得有点蒙。她甚至怀疑那个男人是不是晏景和。他可是一天到晚油腔滑调耍贫嘴的家伙啊,怎么翻脸成了被女人泼酒的"霸道总裁"?情债!一定是情债!难怪每次戴安

153

提到他都带着一股不信任的神态,他一定是风流债太多,没法给人安全感。啊,对了,戴安呢?萧飞心惊,戴安去哪儿了,不会是把她一个人丢在这儿了吧,她要怎么回城里啊。她正心急,突然一个毛茸茸的东西从她脚边嗖地一下蹿过去,她本能地尖叫了一声。

"谁呀?"晏景和走过来。

"呃,是我,萧飞。"

"你还没走啊?"晏景和话音刚落就到了眼前,白衬衣被酒染红了一片,肩膀胸口都湿了。

"你快去换件衣服吧,这里挺冷的。"萧飞说着还打了个喷嚏。

"今晚实在抱歉,原本把大家请来是想一起开心开心的,出丑了。"

"呃,我不知道发生了什么,我有点感冒,跟服务生要了感冒药,吃完就在你书房睡着了。真是不好意思……"

晏景和终于笑了:"这倒像是你的作风。"

"我什么作风啊。还不是你这个鬼屋子冻死人!派对嘛,都应该hot嘛,都是热情似火汗流浃背的,哪有冷得想穿羽绒服的,羽绒服还被服务生收走了。"

"哈哈,你说得对,鬼屋子,真是鬼屋子,风水不好,我就不该要这宅子。"晏景和恢复了平日里黏糊糊的笑容,冲着四下一喊,"肚兜儿——肚兜儿——"一只大猫嗖嗖几下跑过来,晏景和俯身伸手臂,它就蹿进了晏景和的臂弯。

萧飞松了口气,刚才吓到她的就是肚兜儿。

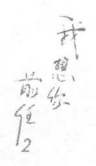

"咱们来一局？"晏景和抱着肚兜儿，冲台球桌的方向看了看，问萧飞。

"来一局？"萧飞看了看球桌，又看了看晏景和，"你确定不去换衣服？真会感冒的。"

晏景和笑笑，走到茶点区。肚兜儿看到一桌子甜点，轻盈地跳了过去，选了一块黑森林自己吃了起来。晏景和也拿起一块黑森林，倒了一杯红酒，吃喝了一通，转身对萧飞说："今晚杂事儿太多，我一口东西都没吃到，现在觉得好饿。"

萧飞"哦"了一声，用小盘子端了一块小蛋糕递给晏景和："这个挺好吃的，我晚上吃了好几块。不知道叫什么名字。"

晏景和那种嬉皮笑脸的笑容又回来了，都没接萧飞的盘子，而是就着她的手，低头吃了一口："唔，好吃！还是你最体贴！没白疼你！"

"你别臭贫了。虽然我不知道发生了什么，但我不是傻子，知道你肯定心情不好。"她说着倒了杯热茶递给晏景和，拿下他手中的酒杯，"心情不好的时候呢，要吃热的东西，要穿舒服的衣服，身体放松了，心里的疙瘩就会解开了。"

晏景和接过热茶喝了一口："好茶，这是我让人从英国带回来的，特意为今晚准备的。可怜我到现在才喝上一口。"说完放下茶杯，又拿起酒杯，"不过你说得不对，我没有心情不好，只是有点措手不及。现在没事了，问题解决了，你要是够意思，就陪我打球吧。除了肚兜儿，这宅子里也就只剩下你可以陪我了。"

"既然你这么说，我必须舍命陪君子了！"萧飞拿掉披肩顺手丢在一旁,"美式台球我还真是好久没打了,我得想想,怎样才能不让你看出来我是高手。"

晏景和哈哈大笑道:"我就知道你才是最适合我的女人!"

萧飞拿球杆打他:"少臭贫会死啊!"

爱人
不出席，

狂欢
无意义

💧

萧飞和晏景和都没再说话，专心致志打球。专注真是能让人忘记一切，忘记时间，忘记八卦，忘记冷。晚上聚会那会儿萧飞冷得直打喷嚏，现在注意力都在球桌上，心无旁骛只想着赢晏景和，居然觉得热了。两局下来，两人各胜一局，晏景和开口道："小姑娘你真是有点天分的，路边摊能够练成这样，跟我打平手，要是专业学起来可怎么得了啊！"

"你是不是专业学过？"

"也算不上专业吧，就是容易玩物丧志，有一阵子爱玩，找了老师上课。"

"最初跟你玩斯诺克的时候我就看出来了，你根本没认真跟我玩，让着我，还不露痕迹，只有高手才做得到。"

"只有高手才看得出来。"

"别夸我了，我就是野路子，瞎玩。"

"你这么喜欢，怎么没去拜个老师好好学学，说不定能走职业路线的。"

"没有那个职业眼光，也没想过当职业球手。很小的时候纯属好奇，后来有段时间心情非常不好，又无事可做，又没钱去玩别的，就整天在自己家的台球厅晃来晃去。专注地做一件事，转移注意力，伤心的事也就不那么伤心了。"

"什么事，伤心成那样，说来听听？"晏景和放下球杆，倒了两杯红酒，递给萧飞一杯。

"其实也没什么大不了的，没有豪门恩怨，没有杀人越货，无非就是谁喜欢谁谁不喜欢谁,"萧飞喝了一小口酒,盯着酒杯发呆,"可是对于十六七岁的孩子来说,这就是天大的事啦。"

"概括得真是精辟!那个让你觉得天塌的人,是不是那个快递小哥啊?"

"你怎么知道?"

"喊,就你看他那小眼神儿,都快喷火了,年轻人的热情啊,真让我老人家羡慕呀!"

"行了吧你,你是从来不认真面对,你要是认真,眼睛都能发射出激光。"

"这么了解我?"

"小说里都这么写,浪子最专情。"

晏景和笑得酒杯直晃:"来,跟浪子走一个!"

酒杯一撞,清脆响亮。

"后来怎么样了,你那个名牌头盔,送给小哥了没?"

"别提那个头盔了,我都在后悔,是不是自己选错了礼物。我原本想着吧,他成天骑电动车在外面送快递,又辛苦又不安全,送他一个头盔也算有个温暖的保障。结果呢,头盔还没送,他就替我跟人打架被打破了头。后来终于到了平安夜应该送礼物了,我又记错了日子,把二十四号当成了二十三号,礼物一直塞在我的床底下,根本没送出去。后来他得到一个工作面试的机会,他很珍惜的,也没面试成功。今晚他给我发短信,偏偏我给明星拍照把手机弄没电了,没及时看到。我真是个扫把星。我这种人活该单身吧,连狗都嫌弃。"

"你这都什么歪理邪说啊,风象星座的吧,思维太跳跃了。"

"不是歪理邪说,是事实。也许他妈说得对,董宁就该离我远点儿才会过得好,否则就不得安生。"

"哟,你们这些小屁孩闹初恋都闹到家长那儿去啦?"

萧飞喝了几口红酒,脸有些红,心口有些热,忍不住话多起来:"告诉你一个秘密,董宁差点儿因为我耽误高考,他妈妈曾经堵着我家门口骂我是丧门星,所以我想,我这辈子大概永远都没机会和董宁在一起了。"

酒力发作,眼睛有点模糊,记忆却清晰起来,眼前又出现胡同里穿红裙子的时髦女孩和光膀子坐在胡同口吃炸酱面的大爷。六月初,已经有暑气,空气黏人潮湿,像干不透的被单裹在刚刚裸露出来的胳膊和小腿上。高考的前一天下午,学校放了假,闷热、躁动,兴奋又紧张,书是完全看不进去了,复习资料也早就在废品收购站换成了零花钱。萧飞大咧咧地在电话里跟董宁说:"你怎么还在复习啊,出来打球嘛!我才不看呢,越看越觉得什么都不会,没听老师说嘛,考试前要放松,大考大放松,小考小放松,不考不放松。明天就考试了,今天就该爽翻天。你不来是吧,那算了,我约别人了。"

萧飞跟胡同里常来打球的几个小伙伴拉开架势要大战三百个回合。当时店里没客人,他们就占了两张美式台球桌。玩了一会儿,来了一伙染着红头发黄头发的"杀马特",他们说是要玩,却站着没动,在萧飞身边围观。萧飞和一个小伙伴正酣战,看他们不着急开球,也就没停下来。直到这一局结束,萧飞获胜,一个"杀马特"才开口道:"老板

160

呢，谁是老板呀，怎么哥们儿在这儿站了半天，一个端茶倒水的都没有。"

萧飞连忙赔不是，说："对不起啊，我刚才净顾着玩了。你们用哪张台子？"

"你是老板？"

"我妈是，我妈没在，我帮忙看着。"

"不错呀，挺有本事啊。你不上学啊？"

"上呢，高三了，明天高考，今天放松放松。"

"打得不错。"

"谢谢。"

"你家还有斯诺克呀，不错，你会？"

"不太会，瞎打。"

"跟哥玩一局？"

萧飞已经没耐心了，但是知道多一事不如少一事，还是礼貌应答："我哪儿上得了台子啊，就是知道规则，胡打。你们玩吧。台子很干净。我可以帮你们记分。"

"不用你记分。你跟我们玩儿。我赢了免费，你赢了我给双倍的钱，怎么样？"

"不好意思，我们没这个规矩，你们要是玩就好好玩，不玩就算了。"萧飞冲自己的小伙伴一招手，说："咱们接着玩。"

小伙伴见势不妙，小声对萧飞说："要不你就跟他们玩一局，输赢无所谓，就当给个面子呗，省得他们下不来台。"

"我说了，店里没这规矩。"萧飞白了"杀马特"一眼，声音特别高，然后和小伙伴继续打球。

这几个小伙伴也是从小玩到大，见萧飞不怕，他们也不惧，就当没那几个人，玩得心无旁骛。几个"杀马特"生生被晾在了那里，面子有点挂不住，跟萧飞说话那位又凑过来，在萧飞身后站了一会儿，说："怎么着，考大学了不起啊，你不是还没考上呢吗？"

萧飞没说话，继续打球。

"我说你聋了怎么着？""杀马特"说着就抄起一只球杆在萧飞身上捅了一下。

萧飞顿时奓毛了，说："你给我安分点儿！不打球就滚远点儿。"

"你再说一遍？"

"我说，"萧飞把声音提高，语速放慢，"不打球就滚远点儿！"

说话的同时，萧飞的几个小伙伴已经全部站到了她身后，"杀马特"的几个同伴也站到了一起。"你他妈的有种把刚才的话再重复一遍，信不信老子拆了你的破店。""杀马特"开始骂人。

"我还就不信了，你当我萧飞吓大的？你拆一块砖头试试，姐让你那一脑袋鸡毛一根不剩！"萧飞原本手里还拿着球杆，顺势往球桌上一扔，几个球被砸得噼里啪啦乱滚。

"砸！""杀马特"冲他的人一挥手。身后的人真的开始行动，先是把周围的椅子都放倒，接着有人砸了饮水机，一桶纯净水才装上去没多久，基本还是满的，被他们咕咚一下摔在地上，水瞬间流了一地。接着他们就要动手掀球桌。萧飞和小伙伴见事不好，都冲上去阻拦，拽胳

162

膊的拽胳膊，掐脖子的掐脖子，两伙人很快扭打在一起。

起初只是厮打，后来有人想到了收银台旁边的冰箱，天热起来，里面除了塑料瓶的饮料，还有玻璃瓶子的可口可乐和北冰洋汽水。一个"杀马特"先动了抄家伙的念头，冲到冰箱前拿了两瓶汽水当武器，冲着人群一通乱打。其他人很快效仿，都冲过去拿玻璃瓶子。玻璃碎裂的声音很快传出来，伴着人的惨叫。汽水的泡沫混着年轻人的热血呼呼冒了出来。紧接着，人撞在球桌上球桌挪动的声音，台球被撞散到处滚动发出的噼里啪啦的声音，受伤的人呻吟叫嚷的声音，全部混在一起，情况完全失控。

事情发生得很快，也许是一分钟，也许是两分钟。但是在萧飞的记忆里，那段回忆就像电影的慢动作片段，每一个镜头都非常逼真，再加上这些年不断在脑海里闪回，强化了每一个细节的清晰度。直到那天萧飞才真正理解，人都是有兽性的，平时掩盖得太好不容易察觉，一旦自身安全受到威胁必须自保，那种隐藏在血液里的攻击性爆发出来会引发山洪海啸。她那些小伙伴平日里嘻嘻哈哈不过是半大孩子，这次都变成了嗜血的猛兽，唯恐自己下手轻了给敌人反攻自己的机会。萧飞完全忘记了害怕，也变成兽群里的一只，骁勇善战。

还好台球厅临街，里面的打斗很快被人发现，先是有人来阻拦，后来发现情况严重根本拦不住，迅速报了警。也就是在那个时候，董宁来了。

下午萧飞给他打完电话他就心痒难耐，想去打球，但是妈妈拦住他，无论如何不让他出门，说是明天就高考了，忍一下午，考完试怎么疯都可以。但是董宁捧着复习资料，满脑子都是台球，他好奇萧飞究竟约谁了，同学不太可能，肯定都在家复习呢，那就只能约些胡同里的小青年，董宁不喜欢萧飞跟他们一起玩。越想越不踏实，终于趁妈妈去厕所的空儿，溜出家门。

刚到胡同口，董宁就听有人说"不得了了老萧家台球厅出人命了"，胡同的大爷大妈奔走相告，赶着去看热闹。董宁吓得魂不附体，飞奔过去，正赶上一个汽水瓶子从窗户飞出来，啪地一下摔到地上，玻璃碴子伴着汽水泡沫飞溅。董宁直觉判断萧飞肯定吃亏了，不顾邻居拦着，推门就闯了进去。两伙人打得难分难解，有血有水，每个人都狼狈不堪，甚至看不清脸面，只有萧飞一个女孩，正被一个头发染成黄色的家伙按在地上，死死扣着脖子。董宁急了，抄起一个板凳冲着那人后背狠狠拍了一下。

萧飞得救了，董宁急着拉她起来，看她受伤没有，没注意身后一把椅子拍过来，结结实实拍到了他的左边肩膀上。董宁啊的一声惨叫，左胳膊就再也动不了了。

然后，就听到警车的声音。

萧飞一口干了杯子里的红酒，长出一口气，看看晏景和："你说，我是不是个丧门星？"

"别停，后来呢？"晏景和听得眉头都皱了起来。

"后来，警察把我们都带走了，问话，找家长，送医院。幸好没有什么特别严重的伤，也没有出人命。董宁的胳膊脱臼了，很快被治好，

164

但是很疼,我觉得他一定是因为胳膊疼才影响了考试发挥。要不然,他那么棒,一定能考上复旦大学的。"萧飞玩弄着手里的杯子,"也就是从那天开始,董宁的妈妈恨上了我。她在派出所就抽了我两个大耳光,在医院又要打我,被我妈妈拉住了,然后她就打我妈妈,还骂了很多难听的话。"

萧飞深吸了一口气,没再多说。但是不多说不代表忘记。她从不曾对那次打架有半点悔意,但是她恨自己牵扯到妈妈,让她那么大年纪还被羞辱。事情发生的时候妈妈正在理发店弄头发,有人告诉她店里出了人命,她吓得顶着一脑袋没烫完的头发飞奔回去。见到女儿没受伤,她才放心些,却被女儿连累着,当着那么多人的面被董宁的妈妈骂得抬不起头来。

"晏景和啊,你是不是在酒里放了什么药,我觉得喝得不多啊,怎么醉了。话真多。"萧飞捏了捏自己的嘴,"可惜了,要是早让我喝醉就好了,我就会想起这些事,就会吸取教训,离董宁远点了,还表白什么啊,要是真为他好,我就应该离他远点。"

"胡扯。我就不信丧门星这种事。"

"有的,有的,我就是。"萧飞自己又倒了一杯酒,喝了一大口,"你不好奇吗,我跟董宁是同学,同一天高考,为什么他大四我大三。"

"是啊,为什么?"

"因为那天从派出所回家之后,我失眠了,整晚睡不着,一直到天亮才睡,妈妈叫醒我说快起床要去参加高考了。我迷迷糊糊往外跑,一出胡同就被电动车撞了。"萧飞指指自己的腰,"我这个丧门星,错过了高考,还在床上躺了三个月。复读一年,花的都是妈妈的血汗钱。我妈她太苦了,我得早点儿独立,让她轻松轻松。"

"像你这么玩儿命做兼职,很快就能发家致富了。"

"别损我了,我知道在你们心里我就是一个光顾着赚钱整天逃学的坏学生,不过真的,我发誓,下个学期我就好好读书了。"

"怎么了?"

"我的钱赚得差不多啦,我的愿望快实现了。"

"你的愿望不会就是分期付款给你的快递小哥买个名牌头盔吧?"

"能不能别损我啊。我这个学期拼命挣钱,就是想春节的时候带妈妈去旅游。"

"欧洲吗?我熟。我当导游,免费。"

"没那么奢侈,我要带妈妈去香港。"

晏景和忍不住笑了出来:"我还以为你要带妈妈环游世界呢,敢情就是去香港啊。"

"香港怎么啦,难道你不是看TVB长大的啊,你没迷过赌神啊?"

晏景和笑笑,回她:"还真没有,我看歌剧长大的。"

萧飞翻他一个白眼:"跟你这种有钱人没法交流。反正香港就是我和妈妈梦中的天堂!"

"多大点儿事啊,两个人一起用不了几千块吧。"

萧飞脑袋摇得像电风扇:"你看你看,你对钱没什么概念,你知道对于一个兼职的服务生来说,要端多少份咖啡点心洗多少个盘子杯子才能挣到这几千块吗？我算走运了，陪你们打球还能挣些小费。再加上我平时攒下来的零花钱，到春节就差不多啦！"萧飞的脸上洋溢着满足的神情，"香港啊，我要来啦，递给老妈机票的时候她肯定高兴得不得了。"

晏景和开始有点羡慕她那份因为极度满足而发自心底的喜悦，于是逗她道："你还真是个孝顺孩子，那就从今天开始别冒冒失失的，至少在旅行之前别再伤到腰。"

"我说你就不能说点儿吉利话儿吗！"萧飞做了个鬼脸，"你就庆幸吧，我要不是腰受过伤，斯诺克肯定比现在打得好，一准儿赢你！"

晏景和哈哈大笑说："相见恨晚呀。要不是有戴安在先，我肯定会爱上你。"

"你不臭贫会死啊！信不信我这杯红酒也泼给你！"

"我相信你会跟喜欢的男孩子在一起的，并且是一个懂得欣赏你的男孩子。像你这么可爱，要是还单身，那老天爷就该大雷劈死自己。"

晏景和话音未落，"咚"一声，天上炸了一个雷。

萧飞吓了一大跳。

紧接着又是一声巨响，天上炸开了万朵桃花。

"啊，原来是新年礼花！"萧飞兴奋地抓住晏景和的衣袖，"你快看你快看，放烟花了，太好看了像过年似的！"

"傻子，本来就是新年啊。"

"啊，新年了。"萧飞跑到院子里，抬头看天上的烟火。咕咚，东边炸了一下，无数彩色珠子从黑洞洞的天幕坠落下来，画出一条条彩线；咕咚，西边又炸了一下，五光十色的花朵四散开，把天都快照亮了。"这就叫醉眼看花花也醉吧。我怎么觉得这礼花比往年的都好看呢。"

"因为我在你身边呀。"

"喊。"萧飞在晏景和肩头捶了一拳。她拿出手机，看了看董宁发给她的短信，想给他打个电话说句新年快乐，号码按到一半，却放弃了。他已经睡了吧。就算不睡，迟到的祝福又有什么意义呢。所谓执念，放下也就一瞬间的事。我的心意已经告诉他了，我已经没有遗憾了。她把手机塞回口袋，看看天，说了一句："人生真的很难圆满啊，最美好的时候，身边站的永远都不是最想念的人。"

晏景和笑了笑，这小孩，一张嘴就道破人生玄机。他抬头看看烟火此起彼伏的天，想起很多年前的那个元旦，是在巴黎的埃菲尔铁塔下面，一大群中国的小留学生凑在一起庆祝新年。那是他第一次见到戴安，十六岁半，还不满十七岁，已经亭亭玉立，风华绝代，发丝在微风中轻轻扬起，亮晶晶的眼睛让天幕中所有的烟火都黯然失色。他穿过人群站到她身边问："我以前怎么没见过你啊，你是从中国哪里来的？"她歪一歪头，诡异一笑，说："我从天上来呀。"他相信她没说谎。

十六年了。他一年一年都数得清楚。还以为今晚可以重新和她站在一起跨年，以后的每一年都和她在一起，可惜又被他搞砸了。没有爱人出席的聚会，狂欢显得没有任何意义。

晏景和正暗自惆怅，手机在口袋里响起来。他懒洋洋掏出来看，居然是戴安的电话。

"晏景和，出来陪我坐会儿。"

"你在哪儿，我马上到。"

萧飞还在醉眼迷蒙地看烟火，晏景和拍了拍她肩膀说："亲，你困了自己找个屋子随便睡吧。哥们儿要先走一步去英雄救美了。"说完就消失了。

萧飞半天才回过神来，偌大的晏宅已经剩下她一个人了，顿时酒醒了一半，急得团团转："你们都走了，我怎么办呀？"

带你
看山看河,

看我
情上心头

晏景和开着车跟着导航一路找过去，很快就找到了戴安说的那个水库。可是水库周围都盖起了度假村，车根本就没法开到水边。他只好给戴安打电话，问她在哪里。戴安的声音听起来很疲惫："我也不知道这是哪里，好几年了，跟以前不一样了，我有点迷路。你在哪儿，我过去跟你会合吧。"晏景和只好原地等她。

好不容易才看到戴安的车开过来。晏景和跳下车，坐到戴安的车上。闻到酒味儿，戴安才注意到晏景和只穿了一件衬衣，还湿乎乎的。"你掉酒缸里了？"

"没有，喝酒喝急了，洒了一身。"

"你喝酒了还开车过来？"

"没事儿，警察叔叔都跨年去了！"

"胡扯！我最恨酒驾！"说着，戴安一探身从后座上拎过来一个小猪靠垫，三两下拆出一条粉红色的小毯子来，裹在晏景和身上，"这跟你还挺配。"

晏景和嘿嘿笑道："我可是五好公民，酒驾的事儿我不干，我找了代驾，放心吧！我知道你恨酒驾，是因为酒驾差点儿要了马天越的命吧？你要出国，他去机场找你，喝多了开车在高速上把脑袋撞坏了。"

"什么都瞒不过你。"

"关于你的一切我都知道。"

"那你也知道我为什么叫你出来？"

"想我嘛，想跟我一起跨年。谁不想跟自己最心爱的人一起跨年呀。"

戴安笑道："谢谢你,看穿我又不说破。"

"是我对不起你在先,你不幸福的每一分钟我都有责任。要不是那年……"

"算了,"戴安打断他,"以前的事不提了,年轻不懂事,谁没犯过错。"

"就知道你最好。"晏景和裹着粉红色的小猪毯子,听到这句话,心里温暖如春。

"只不过你那个错误严重了些,让人没法原谅。"

晏景和重新掉回冰窟窿。

戴安看他委屈的表情,扑哧一笑:"不逗你了。你今晚派对怎么样?我走得早,想跟你打声招呼的,可是看你后院起火忙得不可开交,怕给你火上浇油,就悄悄溜掉了。"

"你也知道我后院起火咯,"晏景和叹了口气,"还能怎么样,咬牙扛呗。这么多年都过来了。"

"这么多年过来了,以后还有很多年。"

"跟我一起扛吧。"晏景和握住戴安的一只手,"我是认真的。"

戴安没有说话,眼睛看向窗外。已经凌晨了,外面并不黑,度假村的灯光远远近近照过来,天幕还偶尔会有零星的礼花绽放。距离上次来差不多四年了。

"这是我和马天越第一次约会的地方。也算不上约会吧,那晚我们在一个酒局上认识,一见钟情,酒局散了就直接奔这儿了,喝酒看星星唱肉麻的情歌,玩了一整夜。那时候还没这么多度假村,水边黑漆漆的，特别安静，天上还有特别亮的星星，真是谈情说爱的好地方。那是我见过的最美的星空。那时候我就想，这应该是我这辈子最后一次认真谈恋爱了。这比这辈子第一次认真谈恋爱要认真多了。"

晏景和不做声，只是轻轻抚摸戴安的无名指。

戴安曾经很喜欢晏景和的手，细长，骨感，永远温暖干燥，在牵过手的为数不多的日子里，天气再冷她也不想戴手套。说来也怪，少女怀春总是迷恋上少年完美的侧脸或者笔挺的鼻梁或者上翘的睫毛，戴安却不，她喜欢手。晏景和的手拿过画笔，握过球杆，擎过酒杯，撸过猫，在不同的女人身上游走过，有着与年龄不相符的风流和成熟，最适合撩拨少女心。戴安还记得他们相识的第一天，就是跨年夜，她是跟随哥哥去巴黎度假的，混在一群中国留学生中间参加跨年晚会，晏景和深情款款唱了一首歌，唱到动情处，向她伸出了手。

"我已经不是小女孩了，晏景和。"戴安把手往回收，却没成功。

"这一次我不会放手的，我说了我是认真的。一生没有几个十六年，我荒废了一个，又浪费了一个，后面的所有十六年我都希望跟你在一起。"

"你都不问问，我今晚为什么着急离开你家吗？"

"我不问。我不关心你为什么离开，我只关心你会不会留下来。"

"因为我去找马天越了。他一个人在医院里跨年，太冷清。我原本不想理他了，让这段没希望的感情终止吧，让自己自由吧，让他自生自灭吧。但是我看到他在朋友圈里发了一条微信，是病床旁的小方桌，上面放了一碟花生米、一瓶二锅头，他说：'我的跨年夜。'我看到微信

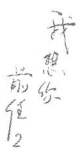

就去开车了。我被诅咒了,我放不下他。我完蛋了,晏景和。"

"我懂。你有多放不下他,我就有多放不下你。"

"可是我到了医院,到了他的病房门口,发现并不是他微信里说的那样。他不孤单,也不冷清。他的身边有好几个小护士正有说有笑,他店里的那个女服务生李超超也在,笑得别提多开心。我站在门外看了好一会儿,我问自己,你是在吃醋吗,还是在妒忌,你可以去参加派对为什么他就不能在病房里搞联欢,他是很会爱自己的人,反倒是你不会爱自己。想扮演拯救落难英雄的女侠,其实自己才是最无药可救的那个人。"

戴安鼻子一酸:"放开我吧。我完蛋了。"

"我不放。"晏景和的手紧了又紧,"这一次我是绝对不会放的。"

"花花世界都是你的,何必在我这里当个备胎。"

"我不觉得自己是备胎。在我回来之前,你身边的所有男人都是我的备胎,不过是替我陪了你一程而已。"

戴安还想用力把手收回来,晏景和握得更紧。

"戴安,你知道我这三十几年迷迷糊糊,自我放逐,做过很多蠢事、错事、荒唐事,如果今晚之前我死了,我连一把骨灰都不愿意留下,因为我看轻自己,根本不在乎自己。但是现在不一样了,因为你需要我。我不强求你马上就答应重新跟我谈恋爱或是什么别的承诺,你只要像今晚这样在难过的时候愿意让我陪在你身边,我就很满足。我不能变成虫子钻到你脑袋里把属于马天越的那一部分赶走,你也没有必要急

174

着把他放下或者什么,我们有的是时间,我一直等你,等你愿意重新跟我一起唱歌,主动牵起我的手。"

"别说了。"

"如果要我将你一生写成一首诗,我不写梦只写你的手……"

"别唱,晏景和,你别唱了。"

"青春如酒,醉了把你手紧握,带你看山看河,看我情上心头。"

戴安把头用力扭到一边,咬紧了牙关才没有让眼泪掉下来,一定是大姨妈要来了才会这么情绪化不理智的吧。可是已经这个岁数了,再不情绪化一把,连大姨妈都要走了呀。她恨自己记忆力太好,生命中所有美好的时刻都记得。割舍不掉,就凭空添了很多烦恼和困扰。她记得十六年前的那个跨年夜,狂欢派对上晏景和向她缓缓伸出手,她只觉周围的一切都静下来,只有他的歌声在回响:"带你看山看河,看我情上心头。"她伸出手去,牵住他的手,以为余生都不会放开。

"以为自己心已尘封,谁知窗外春意浓,依然被情愁惹得眼蒙眬。守着你是我,不是风,深情意重,一生守候着不会移动。"

少年不知愁滋味,只是莫名被情歌里的荡气回肠感动,以为能够看尽繁华参透玄机。真真历尽磨难洗尽铅华之后,谁会是陪在身边眼眶温热话从头的人?

戴安的嘴巴张了又张,歌词依旧熟悉,但无论如何都唱不出口。

毕竟,都是从前了。

175

被嫌弃的
公子的一生

💧

萧飞觉得口渴，太渴了，想起初一那年的初夏，全班同学去爬山，他们穿着厚厚的校服，近三十度的高温快把他们烤成咸鱼，大家拼命喝水，很快就把随身带的水喝光了。萧飞留了心眼儿，每次只喝一小口，所以大家都渴得要咳血的时候她还能偷偷对董宁说："我这里还有水，给你喝。"董宁高兴地接过水壶，一饮而尽。而她只能咽唾沫。后来总算找到小卖店，萧飞觉得水太贵没舍得买，董宁买了两瓶不由分说全部灌到她的水壶里。那是她这辈子喝到的最甜的水。

"水。"萧飞嘟囔了一声，醒了。睁开眼睛，居然没看到床。难道半夜翻身掉到了地上？不对。身下软软的很舒服，身上也软软的很舒服，有铺有盖，应该不是在地上。她迷迷糊糊撑起半个身子，才算看到了床沿。原来是床太大了。

咦？床！

萧飞猛地惊醒。她想起来了，她昨晚阴错阳差地和晏景和一起迎接了新年，然后他重色轻友跑出去见戴安，把她一个人丢在了空荡荡的大别墅里。后来呢？她使劲儿敲了敲脑袋，对了，后来她去了书房呀，窝在那张沙发上睡着了。怎么到了床上了？该不会是晏景和半夜回来……她条件反射地摸了摸自己身上，还好，衣服都在，该穿的都穿着，该扣的都扣着，总算是松了口气。那她是怎么到床上的呢？

正疑惑，贝西西推门进来："小神童，你总算是醒了。"

"我这是在哪儿啊？"

"晏景和的床上。"

"啊？那晏景和呢？"

177

"被我杀了。"

"啊？"

"他跑出去跟戴安逍遥快活，把我叫过来照顾你，我一生气把他俩都杀了。"

"别逗我了，我头疼死了。"

贝西西递过一杯清水，问："你昨晚是不是嗨大了，喝了多少啊醉成那样？"

"我没喝多少啊，不过我没怎么喝过红酒，大概是后劲儿太大了。"萧飞接过水杯一饮而尽，总算是回过神来，"你怎么来了？"

"别提了，大半夜晏景和给我打电话，说他在照顾戴安，你一个人在别墅可能会害怕，让我过来照顾你。我离开的时候没找到你，打你手机还关机，还以为你跟别人一起走了呢。我赶过来找了半天，才在书房找到你，跟猫一起挤在沙发上，都快冻僵了。我连拖带拽总算是把你弄到了床上。你一点印象都没有？"

"没有。我晚上吃过感冒药，可能太困了。"

"天哪，你看起来不胖，怎么那么重，像只恐龙。"

"恐龙也有轻的啊。"萧飞话一出口，只觉哪里不对，不禁挠挠头发对自己说："哥们儿你真行，一星期的时间，你在两个男人的床上醒来两回了。"

"你说什么？"

"没，没什么。"

"出来吃早点吧。我不会做饭，让人随便弄了些吃的，你将就将就。"

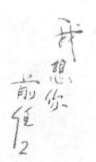

萧飞跟着贝西西出去才发现,昨晚跨年派对的残局已经都收拾干净了,整洁得像刚装修好的样板间一样。看样子是贝西西一大早就找了钟点工过来打扫,晏景和有这样的朋友还真是幸福。萧飞一边咬三明治喝牛奶,一边问贝西西:"昨晚究竟发生了什么?我的手机没电了,跟服务生要了充电宝充电,然后我就在书房打了个盹儿,等我睡醒了,发现所有的人都没了,就像人间蒸发一样。我的天哪,我甚至想到了黑洞,想到了平行世界,想到了突然消失的玛雅文明。"

"你想得还挺多。"贝西西张了个哈欠,就着一杯鲜榨橙汁,往嘴里送了一大把药片,"困死我了,我真的是舍命陪君子了。跨年不但看了狗血剧,还要来给狗血剧的男主角做收尾工程。"

"什么狗血剧?是不是那个留着长卷发的女人?"

"你见到朱慧了?"

"谁是朱慧?"

"就你说的那个长卷发的女人呀。"

"就远远看了一眼。我睡醒之后发现所有人都没了,然后听到有人在院子里说话,男的是晏景和,女的就是你说的那个,朱慧?"

"朱慧说什么?"

"我记不起了,就是吵架,诅咒晏景和没好日子过,以后每个新年都不得安生,之类的。"

贝西西哼了一声,抱起胳膊往椅背上一靠:"我还以为戴安过了马天越那个坎儿,能够幸福了,没想到一波未平一波又起呀。哪里是晏景和不得安生,明明是戴安不得安生。"

"那个朱慧究竟是谁呀?会威胁到戴总吗?"

"还不是那个晏景和欠的风流债。"

"既然他债台高筑,为什么还让戴总和他在一起?"

"问得好。怎么说呢,他,也有他的难处吧。只能说,晏景和真心喜欢戴安,这个是不会错的。而戴安,也是喜欢晏景和的。两情相悦,最是难得。"

萧飞没有说话,但是已经挂出一副"求求你快告诉我吧"的神情。

贝西西笑了一下:"这故事说起来可长了。得从晏景和很小的时候开始。简单说吧,晏景和他爸有钱有势,又死了老婆,按说应该把宝贝儿子好好捧在手心才是。可惜这老头儿做生意精,做人有点糊涂,娶了二太太生了双胞胎儿子,对这大儿子就不怎么上心了。二太太精明得很,就出主意早早把晏景和送到国外,说是深造,其实就是流放。十来岁的孩子深造个屁,无非就是吃喝玩乐。晏景和倒真没让后妈失望,除了该学的,都学会了,但凡说得上的花样,他都玩了个遍,现在你问他骑马啊滑雪啊桌球啊画画啊雕塑啊潜水啊,不管静的动的,他一沾则迷,最夸张的一次,说是喜欢动物,在美国买了个动物园,他爸信用卡还款的时候气得直跳脚。但是他后妈高兴,这孩子越不务正业,她的双胞胎儿子就越有前途。

"至于男欢女爱这些事儿,荷尔蒙旺盛的半大小子原本就不用教,他又生得风流倜傥,非常有女人缘,年长的,年轻的,亚洲的,欧洲的,身边女友走马灯一样换不停。人人都爱他,人人都宠他。他也爱别人,处处留情,夜夜笙箫,就是从来不认真。直到在巴黎遇到戴安,才

180

算是动了情。那个冬天我和戴安都在巴黎玩,我可是当够了电灯泡。说起来从小到大甜甜蜜蜜的小情侣我也没少见,但真的没见过他们俩那么肉麻的,整天抱在一起都嫌空气是障碍。戴安从小就招人喜欢,幼儿园里不知道多少小男孩发誓要娶她。她的初恋我也见证了,也是好得如糖似蜜,但我就没见过戴安那么死心塌地。她是认定了就一头扎进去的人,只是没想到晏景和这摊水比她想象的深。

"寒假结束前我和戴安要回国,晏景和是长期被流放在国外的,基本不回国内。戴安要走,他下定决心要一起走。两个人说得好好的,一起订了机票,晏景和甚至正式通知他爸他要回国上学。可是临上飞机,晏景和改变主意了,他说他还是喜欢在法国待着,不回国了。他甚至都没有亲自去一趟机场,只是匆匆打了个电话说了句再见。"

"那后来呢?"萧飞听得眼都直了。

"戴安因为这件事颓了好长时间,甚至因为晏景和恨上了法国,发誓这辈子都不去法国了。但是没用,她哥哥在那边做生意,全家都经常去,她不去也不行。大概过了三四年吧,戴安上大学的时候,有一年暑假又去了。那次我有事,没一起去。大半夜的戴安给我打电话,她说她去参加朋友聚会,遇到晏景和了。她还恨他,可是,就像你猜到的那样,嘴上说恨,一个法式热吻就恨意全无了。然后又是热恋,又是如胶似漆,又是海誓山盟,又是许诺一起回国。"

"晏景和又放鸽子了?"萧飞急得插话。

"没有。是被揭发了。"

"揭发?"

"对。就在戴安彻底原谅他的时候,突然有熟人告诉戴安,晏景和早就当爸爸了。"

萧飞的眼珠子差点儿掉出来:"你是说,晏景和结婚了?"

"不,是当爸爸了。没有结婚。孩子的妈妈就是朱慧。"

"我的天,戴安会疯掉的。"

"她没疯。她当时太爱晏景和了。她跑去问晏景和到底是怎么回事。晏景和也还算诚实,告诉她,孩子是他的风流债,就是上次计划跟她回国的时候知道的。他当时太年轻了,自己还是孩子,根本没办法接受这样的事实,完全吓傻了。他可以拿着老爹给的金卡随便'喜刷刷',但是完全没想过会有一个孩子跟他要金卡来刷。可是他又不敢告诉戴安实情,只好匆匆说了再见。戴安当时对他许诺,她不介意他糊里糊涂犯的错误,更何况这个孩子他根本不知情,是朱慧自己做主硬要生下来的。戴安让晏景和跟她一起回国,晏景和同意了。"

"但是晏景和又爽约了……"

"对。这一次他去机场了,亲口告诉戴安,他不能走。"贝西西叹了口气,"他俩的前缘就是这样了。"

"那么,他和那个朱慧结婚了?"

"怎么可能。孩子生了,这个晏景和拦不住。但结婚是要晏景和同意的,他管得住自己。他可不是为了孩子委屈自己的人。抚养费可以出,婚姻是万万不会给的。所以朱慧恨死他了,这么多年就像个厉鬼,阴魂不散缠着晏景和。起初呢是盼着孩子大一点了能说话了,当爸爸的就会心软,看在孩子的份儿上建立一个完整的家庭。后来孩子一天大似

182

一天，晏景和不但没心软，反而越来越坚定了不婚。他说等到孩子足够大，一定能理解爸爸的苦衷。"

"朱慧也真行，这一缠就缠了十几年。"

"谁说不是呢。还是有效果的，起码这十几年晏景和都没个自由身。他老早就想回国找戴安，但是朱慧放了话，只要他敢回国和别的女人在一起，一定玉石俱焚。还是年轻吧，晏景和被她吓住了，老老实实待在国外，别说跟别的女人结婚了，连正儿八经谈个恋爱都难。今年，晏景和听说了戴安和马天越的事，真急了，无论如何都要回国。这不是置办了房子想扎根儿了，朱慧不答应了，打上门了。"

"昨晚聚会是被朱慧搅黄了？"

"是呀，你不认识，可能没留意，聚会刚开始她就来了，但是没闹事，就混在宾客里跟大家寒暄，晏景和那点事被她说得差不多了。晏景和把她拉到后面商量解决办法，一谈就是几小时。肯定是没谈拢呗，朱慧闹起来了，大家识趣，都推脱有事，离开了。幸好戴安走得早，要不然当面闹翻，最受伤的还是戴安。"

"晏景和还算意志坚定，一般人都会为了孩子结婚的。"

"他可以给孩子一切，但是不能把一辈子的自由都交出去。"

"难怪晏景和要看什么青少年心理学的书，算起来，他的孩子应该跟他当年差不多大了。"

"嗯，是个男孩儿，特别帅，我见过。他很爱他儿子，儿子说要去瑞士滑雪，他立马订机票飞过去，自己一不小心得了肺炎。"

"原来他的肺炎是这么得的呀。"

"对。其实他是个自我放逐的人,不知道的以为他逍遥自在,熟悉的才知道他是个悲观透顶的人。他曾经嘲笑自己,说可以写一本'被嫌弃的公子的一生'。你想想,他什么生存技能都没有,一直靠刷亲爹的金卡过日子,他亲爹岁数大了,家里生意都是后妈和后妈的哥哥在打理,他没有任何插手的机会。醉生梦死容易,半夜在梦中惊醒,反思自己的人生,是绝望得想自杀的。"

"这么说的话,有个儿子,他会活得认真一点。"

"是的,这些年戴安都屏蔽他的消息,但是我时不时会见到他。他进步多了。他有心理阴影,自己的青春期不快乐,尽量让儿子的青春期幸福一些。儿子需要的,他都尽量满足。只是,为了这个目标,他放弃了戴安十六年。"

不知道是不是有意,贝西西把"放弃"两个字说得特别重。萧飞在心里迅速把晏景和的影像过了一遍,从第一次见到他跟他一起打球,到去医院探病,再到店里打球,直到这次新年派对,他还真是挺多面的,嬉笑怒骂的背后居然藏着那么多故事。萧飞不禁又为戴安担忧了。"戴总怎么就这么倒霉,怎么就不能遇到一个简简单单为人、简简单单对她好的人。"

贝西西一笑,说:"没办法,有些人就愿意活在故事里,太简单了就觉得没意思了。再说了,活到这个岁数,谁没点故事,只不过有些惊心动魄,有些乏善可陈。就说萧飞你吧,你就没点故事?不趁年轻攒点故事,老了回味什么?"

萧飞不自觉地用手摸了摸腰,呵呵傻笑道:"那倒也是啊。"

184

喜欢两个字，
不敢再提及

董宁一整晚都在翻来覆去,好像睡了,又好像醒着,不断做梦,梦见自己拿着录取通知书在大学校园里看见萧飞,高兴地问她你怎么来了,却又在梦里提醒自己,不过是做梦罢了,萧飞复读了,没跟你一起高考。可是梦又连绵不断,一个套着一个,恍惚间又看见萧飞在台球厅跟人打架,汽水瓶子满天飞,他冲过去护住她,她却冷漠地把他推开,说:"你走吧,我不再需要你了。"

董宁一下子就醒了。这次是真的醒了。眼睛被阳光刺得生疼。睡觉前窗帘没拉严实,早上的阳光还挺强,看样子是个大晴天。新的一年了。董宁翻了个身,抱着被子愣了一会儿,新的一年了,会有什么不同?人们总是希望新一年的生活真的像年历一样咔嚓一下从头到尾就换成新的,怎么可能呢,谁不是多多少少延续着旧年的轨迹,失恋的依旧失恋,失业的依旧失业,要考的试必须考完,继续投简历找工作,这才是未完结的人生啊。

正胡思乱想着,老妈一推门进来,说:"儿子,快起来,陪妈逛街去!"

"妈,说多少次了,进我屋先敲门!"

"还敲门呢,妈打扰你啦?"

董宁心烦意乱地坐起来:"逛街你让我爸陪吧,我还得投简历呢。"

"投什么简历,今天元旦,看简历的人不也得放假吗?你今天投了,过好几天人家才看,不都被后面的人压到下面了吗,谁看得见你?"

"您还真聪明!"董宁懒洋洋地下了床。

董妈妈已经准备好了换洗衣服往他床头一放:"新年新气象,妈把新衣服给你准备好了。快点儿穿好衣服出来吃早饭。"

董妈妈趁儿子洗漱的工夫,把他的脏衣服一件件往洗衣机里丢。拿过裤子来一摸裤兜,居然是医院的单子,一张挂号单,一张缴费收据,上面清清楚楚写着挂号的费用和拆线的费用。董妈妈顿时急了。

"儿子,你这是什么时候受的伤?"也顾不上董宁正在换衣服,一下子闯进他屋子里,拉着董宁上下左右看,"哪儿受伤了?怎么跑去医院缝针了?"

董宁刚脱得光溜溜正要穿衣服,被老妈一通看,臊得满脸通红:"妈,我这儿穿衣服呢!"

"我问你话呢,哪儿受伤了?"

"没事儿都已经好了。"董宁胡乱把衣服穿上,指了指脑袋,"送快递的时候摔了一跤,碰了个小口子,已经完全好了。"

"我看看!"董妈妈抱着董宁的头使劲儿看。伤口已经愈合了,不仔细看看不出来,但是像她这样认真地看,是能看得到的。"哎哟,这么大一个伤口,要缝好几针吧?是不是流了很多血?你这倒霉孩子怎么不告诉妈?妈给你炖鸡汤补补血!"

"哎呀不用,之前你不是都没看出来吗。"董宁推着老妈往外走,"完全好了,别大惊小怪。"

董妈妈才稳定了一分钟,突然大叫道:"不对,儿子,你又骗妈。你老实说,你这脑袋是怎么弄的?是不是又跟萧飞那丫头有关系?"

"您是想什么呢,跟人家萧飞有什么关系,我自己撞的!行了行了，走，您不说逛街吗我陪您去，想买什么我出钱，好不好？"

"胡说，你哪儿来的钱。"

"我刷信用卡！"

"呸，你刷信用卡还不是我还！"

"那至少刷卡的是我嘛，走吧走吧。"

董妈妈被儿子推着去换衣服，但又停了下来："不去了。你这刚受了伤得好好休息，今天哪儿都不许去，就给我在家待着。我出去买只鸡回来给你炖汤。"

"哎呀妈我不喝，我想逛街。走，您就当陪我出去走走。"

"你逛个屁。你给我老实在家待着！"这次反过来是董妈妈把董宁推回房间，"哪儿都不许去，敢出去野，我没收你的信用卡！"

董妈拎着菜篮子往市场走，越想越不对劲儿，先是萧飞心急火燎地给她打电话问董宁在不在家，接着儿子就脑袋开瓢回家来。这事儿有蹊跷。几年前的旧账一下子就在心里翻开了，高考前一天儿子居然为了帮萧飞打架被人打得胳膊脱臼，还被叫去派出所问话，这是多吓人的事儿啊，要不是萧飞那个扫把星，儿子肯定能考上更好的学校，说不定现在都申请奖学金出国留学了，还至于当个什么快递员？董妈妈越想越生气，掏出手机来找前些天的通话记录。萧飞的号码她早就删除了，但是隐约记得上次通话的日期和时间。本来她的电话就不多。果然，很容易就找到了，她马上拨过去，下定决心隔着电话也要把萧飞骂个狗血喷头。

萧飞在晏景和的家里吃饱喝足，搭贝西西的车回城。贝西西问她回家还是回学校,她想了想,说:"去咖啡馆吧。"

"你要不要这么拼啊,咖啡馆这个时间开门营业了?"

"一般来说,是不会开门营业的。但今天是元旦,依我对李超超的了解,她会一大早就到店里打扫卫生开窗通风的,因为今天是新年第一天,她特别勤快,又特别爱讨彩头。我昨天早早就走了,她和其他店员一定忙到很晚,我觉得很不好意思。上午早点过去能帮她做点事。"

果然,萧飞到的时候,李超超已经到了。店门大开,窗户也都开着,玻璃上过时的圣诞老人贴纸、圣诞树贴纸和相关的东西已经被李超超收起来,贴纸的痕迹被擦得干干净净,光亮得就像没装玻璃。只挂了些"Happy New Year"的条幅和雪花装饰物,以及五颜六色的节日彩灯。一进门,有一股清新的洗衣粉香气和消毒液的味道,看得出来李超超已经忙活好一阵了。

"我来帮忙!"萧飞飞快地脱了羽绒服换好工作服,帮李超超拖地。她有点心虚,昨天早退去参加新年派对,留下李超超一个人忙活,李超超一定有怨言的。没想到,李超超热情高涨,看上去心情好得不得了,还连连问:"晏景和家里是不是特豪华?是不是请了很多大明星?你跟明星合影了没?给我看看啊。"萧飞平日被她的严格要求弄得有点怕,现在看她并没有生气,心里的石头落了地,还讨好似的连忙把手机里拍的各种明星照片拿出来给她看。李超超啧啧赞叹道:"萧飞你真是有福气,得到戴总的赏识,又跟公子哥儿交上了朋友,这是要一步登天了呀。"萧飞连连摇头道:"哪儿啊,我纯粹是吃瓜群众,看完热闹就找个旮旯躲起来了。"

萧飞自然不会懂得李超超的心思。李超超过了个不平静的跨年，正心花怒放。昨天晚上谭鑫走了之后，她做了一个大胆的决定：关门，下班。因为老板早就说过，越过节越不能早关门，咖啡师和后厨的人都建议她请示一下老板，她坚定地说："今年跨年，大家都下班吧，如果老板批评，后果由我一个人负责。"大家乐得清闲，高高兴兴离开了。

李超超没有像往常一样认真细致地打扫卫生，而是快速地换好衣服，补了补妆，打车赶往医院——当然是马天越住的医院。她看到了朋友圈，知道马天越守着一瓶二锅头一碟花生米一个人跨年。她早就看出，戴安是个只能共富贵无法共患难的人，千金小姐最容易大难临头各自飞。

李超超敲开病房门的时候，马天越有点吃惊地问："怎么这么晚过来了，店里出事了？"

"马总放心，店里一切都好。今天跨年，我擅自做主给大家放了个假，您要怪罪就怪我一个人吧。"

马天越笑了笑，说："没什么好怪罪的，跨年嘛，既然放假了那就好好去玩吧。你怎么跑到医院来了？"

"我不会玩，这几年加班加习惯了，除了上班不知道去哪儿。"

"这是我的错了，看来以后我得把下班时间提前点儿，让我的员工知道怎么放松，抽时间跟男朋友出去玩玩。"

"不不，您误会了。我还没男朋友呢，可能就是因为不会玩。这毛病是以前在蛋糕房留下的，到了咖啡馆之后上班简直是享受，下班了还不愿意回家呢。"李超超说着把一大包吃的喝的拎过来，"您住院之后我都没怎么来看望过您,今天过来看看,是不是太晚了打搅您休息了?"

"没有,我不习惯早睡,这不,"马天越指了指桌子上的二锅头花生米,"自斟自酌,消遣呢。原本想溜出医院去玩玩的,可是这儿,和这儿,"他指了指脑袋和脖子上的纱布,"还没拆呢,去哪儿都碍眼。这要是过万圣节好了,我就直接当木乃伊了。可是跨年啊,走在大街上,人们还以为遇到鬼了。"

李超超夸张地大笑了一下,说:"您太逗了。"李超超拿了个纸杯,并不客气,从马天越的酒瓶子里倒了点儿白酒,"马总,感谢您当初把我招进咖啡馆,给了我最好的学习机会,我学历低,没什么工作经验,要不是您肯收留我,我都不知道能不能继续留在北京。我敬您一杯。"说着就干了。

马天越立刻举杯:"说这话就见外了。你聪明能干,又勤快,哪个老板招到你都是福气呀。我不在店里这段日子就辛苦你了,该我敬你!"说着也干了。

李超超正要说话,马天越先一摆手:"咱俩喝也没什么意思,你去看看有几个值班护士,把她们都叫过来。她们跟我都熟,你就说我请她们过来一起跨年。"

"这,不好吧。她们值班呢。"

"没事,这么晚了,她们也需要跨年嘛。这叫'特事特办'!"

李超超没办法,去请了几个值班小护士,几个小女孩还真大胆,一说马天越请喝酒,都嘻嘻哈哈地跑过来。马天越的单人病房立刻变成派对,就差彩灯和烟花了。

没能跟马总单独相处，李超超多少有点遗憾，不过好歹算是陪着孤单的人一起跨了年，马总看上去非常高兴，李超超就很满足了。她激动得一夜没睡，一大早就跑到咖啡馆打扫卫生了，真的是把这里当成自己家了。

　　萧飞自然不知道这些，她只是暗自高兴李超超没有生她的气。她想抢着多干点活儿，可是活儿好像都被李超超干完了。一转身，发现收银台下面的小垃圾箱还没倒，她高兴了，赶紧去倒，发现里面有个很精致的红色信封，像是装贺年卡的那种，封得严严实实还没拆开过。萧飞担心是什么重要东西不小心掉了，就捡起来，拆开封口胶。里面居然是一封短短的手写信。

　　　　超超：你看到这封信的时候，我已经决定离开北京回老家了。在北京的这几年，最幸福的时光就是跟你在一起的那段日子，我们很穷，但是很相爱。我知道你恨我没出息，没能给你更好的生活，我向你道歉。没有什么特别好的礼物送给你，这是我这几年存的一点钱，留给你吧，密码是你电话的最后六位数。你总爱用生日做密码，这不太安全，以前提醒过你，希望你已经改掉了。做男朋友时都没有送你一套像样的衣服或者一个名牌包，我太失败了。愿你以后能够遇到情投意合的人，过上理想的生活。

　　信里掉出一张银行卡。

192

萧飞像犯了一个重大错误，心里咚咚咚跳个不停，赶紧把信叠好，把卡塞进去，又把信封按原样粘好。刚巧李超超过来，看她傻呆呆地愣着，笑问："干吗呢你，又偷懒？"

萧飞在短短的一秒钟内做了一万次心理斗争，说，还是不说？如果说她不小心看了她的私人信件，她会不会生气？如果不说，会不会耽误她跟男友复合？李超超从来没有提起过自己这位前男友，但是这个从来没出现过的"透明人"仅凭一封短短的手写信就赢得了她的好感。这么好的一个人李超超为什么不珍惜啊。不过，萧飞又想，自己的事还千头万绪理不清楚呢，别人的事还是别多嘴了。于是，她咬了咬牙，说："我在垃圾桶里见到一个信封，还很新呢，你看看是不是你掉的什么有用的东西？"

李超超的脸上明显飘过了一片乌云，她接过信封冷冰冰地说："哦，是我的，难怪找不到，掉了。你快干活儿吧。"说完就转身去后厨了。

萧飞松了一口气，继续整理垃圾，手机铃声就在这时响起来。来电显示居然是董宁的妈妈，她有些意外，不过很快又紧张起来，第一直觉是董宁出事了。昨晚他给她发短信她没回复，他不会是出来找她遇到什么事了吧。她迅速接起电话，寒暄道："阿姨，我是萧飞，董宁他怎么了？"

"你还好意思问我？我倒要问问你！"董宁妈妈的声音劈头盖脸砸过来，"我不是早跟你说离我儿子远点吗？你又让他去干什么坏事了把头伤成那样？"

萧飞顿时傻了。她确实有点心存侥幸，以为这次不会被董宁妈妈发现的，看样子没躲过去。她恨自己蠢，惹了祸老老实实认错就好了，就算董宁不怪她，她也应该满怀愧疚的呀，怎么才几天的工夫就像什么都没发生似的。真真应了那句话：要想人不知除非己莫为。萧飞这时候除了拼命自责拼命道歉，什么话都说不出了。

"阿姨，都是我的错，我在咖啡馆打工，跟人吵架了，董宁帮我出头，被人打了。真的对不起。"

董妈妈原本不明白事情原委，只是凭直觉判断儿子的伤跟萧飞有关系，听萧飞这么一说，火气像一万吨炸药同时点燃。"你让我说你什么好？萧飞，你个女孩子，怎么成天就想着跟些不三不四的街头混混在一起呢？混你就混吧，还总捎带上我家董宁。你说说你，从小到大，让我们家董宁跟着流了多少血？"

萧飞的眼前不断闪现往事，小时候骑自行车董宁为了保护她受伤，高考前打群架董宁为了保护她受伤，这次又是为了保护她受伤……董宁成了她的保护伞，而她则是不断给他惹麻烦的扫把星。

"萧飞，你让我说你什么好，啊？女孩子应该有点分寸，有点廉耻之心，你妈没教过你吗？说起来你也是上过重点高中考上了大学的人，怎么一丁点儿女孩子家的矜持都没有？整天缠着我家董宁也就算了，遇到麻烦还总让他去给你挡刀子，你究竟安的什么心？"

"阿姨您就骂我吧，都是我不对。"

"我骂你？你说我骂你？这是骂吗？你是没听过骂人的。我告诉你萧飞，我这是警告你，你爱怎么野怎么浪都随你，但是别拉上我家董宁。董宁眼看就大学毕业了，正是找工作进入社会的关键时期。你还读书呢,我不管你什么咖啡馆饭馆的刷盘子的,别耽误他大好前程。别以为我不知道你打的什么算盘,心里惦记我们董宁,想都别想,我儿子重点大学毕业,眼看就去大企业当领导了,就你这种满大街跑的野鸡似的人,根本就入不了他的眼。"

萧飞原本满心愧疚,听到这最后一句,反倒有种如释重负的感觉,心一下子空了,愧疚没有了,自责没有了,甚至连心都没有了。是啊,这么多年,心心念念的事情不就是董妈妈说的这一件吗?她虽然说得难听,但是说出了事实不是吗?别说什么"爱情是爱情,跟婚姻无关",对于她那样守旧的人来说,爱情就是跟喜欢的人在一起,跟他结婚,给他做饭洗衣,给他生儿育女。而这,都需要融入他的家庭、跟他的家人和睦相处的。在他妈妈的眼里萧飞是没有这个资格的。论家庭,她不及他;论毕业院校,她不如他;论前程,她不如他。她除了在平安夜里向圣诞老人借个胆量向他表白一下,还能有什么更多奢望呢?

董妈妈还说了很久,但是后面说的什么,萧飞完全没听进去,她只是机械地举着手机,听她的声音源源不断在那头传过来,直到手机渐渐发烫。过了很久,她听清董宁妈妈说了句:"你死了这条心吧。"电话就断了。

萧飞放下手机,愣愣地一动不动。

好半天,她觉得有人拉了拉她的衣袖。

"别太在意。谁说什么都不重要。关键是你自己怎么想。"

原来是李超超。

萧飞的手机漏音严重,刚才董宁妈妈的话,李超超都听见了。

"泼妇骂街什么都说得出。我见的多了。你别在意。她拿儿子当块宝，却不知道这世间宝贝多得是，咱什么样的宝贝得不着。别理她。"

"没事。"萧飞深吸一口气，"干活儿吧。"然后拎着垃圾袋出去倒垃圾。

李超超迟疑了一下，从包里摸出一张名片，对萧飞说了声："妞儿，你前两天不是说丢了张律师的名片吗？你看看是不是这一张？我扫地的时候在椅子下面发现了。"

"啊，太好了。"萧飞终于缓过一口气，"我正发愁耽误了正事呢，谢谢你超超！"

看着萧飞的笑脸，李超超心情有点复杂。从萧飞进店做兼职第一天起，她就有点妒忌她，本科生，有学历，又是本地人，出来兼职都能挣到不少钱，还会打台球赚小费，这些都是李超超比不上的。后来更是不得了，萧飞得到了戴安的赏识，还认识了戴安那些非富即贵的朋友，李超超每天每夜都在担心萧飞抢走她店长的位置。可是她永远没法骗自己的一点是，萧飞笑起来实在太可爱了。她一直从事服务行业，见的客人数不清，很少看到人像萧飞那样笑得开心，笑得彻底。她真是容易满足的人，一点点小目标的实现都容易让她感慨人生的美好。有时李超超想，或许应该跟萧飞学学。不过这个念头很快打消，她笑自己幼稚，容易满足或许是因为她得到的原本就多，她有本地户口，家里房子拆迁的话又会有很多赔偿金，她认识了公子哥儿几句话就能得到想要的东西。人各有命，她李超超是学不来的。她一个靠勤奋和小心机闯社会的外地姑娘，哪里能有那样不设防的笑容。或许梦里会有吧。也许是有过的，

196

在谭鑫身边,有过。曾经非常满足。曾经非常安逸。送到手边的香喷喷的饭菜和压在枕畔的洗得干净叠得整齐的衣服,都曾经让她那样发自心底地笑出来。但那是一时的,不是她永远想要的。

想到这些,李超超也笑了。她觉得自己挺棒,自知之明,最宝贵的东西,她是有的。一个人明确地知道自己想要什么不想要什么,有限的时间精力才能填补无限的欲望。在她眼里萧飞那么好,不同样被暗恋的男生的妈妈在电话里骂得体无完肤吗?她没有萧飞的一切,却也不需要为了所谓的爱情跪地求饶。这点小小的骄傲足以让她挺起胸膛。

李超超胡思乱想的时候,萧飞已经兴高采烈起来了。

"超超,我今天又要请假了。我联系了晏景和帮我找的律师,他今天有时间见我,我得马上赶过去。我有事着急问律师。对不住了我先走,回来加班帮你打扫卫生,再请你吃海鲜比萨!"

"你快去吧,路上小心!"

萧飞工作服都没换下,穿了外套飞出店门。

时间不早了,咖啡师和后厨工作人员都到齐,咖啡馆正式营业。李超超心情好得不得了,嘴角抑制不住地笑。咖啡师问她:"昨晚有艳遇吧这是,笑得嘴都吃到头发了!"

"怎么,我就不能有个艳遇?"

"真的假的,快分享下,我们这种下班就回家睡觉的人,遇不到也听听过干瘾!"

"这种事儿,只有自己偷着乐才有意思,分享出来就不那么'艳'啦!"

正开玩笑，店门一响，董宁风风火火地闯进来。

"萧飞在吗？我找萧飞！"咖啡馆附近出租车经常过不来，他显然是跑过来的，还呼哧呼哧喘粗气。

"知道你找萧飞，可是萧飞不在。"

"她去哪儿了？"

"昨晚你不是来过一回吗，告诉你了，她去跨年了。"

"现在已经到上班时间了，她没来吗？"

"你找萧飞有什么急事？"

"快说呀，她到底来没来？我打她手机，她不接我电话。我找她真的有急事。"

"她是来了，不过又走了。"

"来了，又走了？去哪儿了？"

李超超白了一眼董宁："她是兼职人员，不是我们的正式员工，她没有必要向我汇报。"

"李，李超超，是吧？你别逗我了，我找萧飞真的有急事。她不接我电话，一定是生我气了。这事儿很严重，你快告诉我她去哪儿了。"

"她为什么生你气？"

"我妈，是我妈。上次咖啡馆我被人打了的事儿，不小心被我妈知道了。她本来就对萧飞有偏见，这回误会更深了。她肯定是对萧飞发火了，萧飞才不接我电话。"

原来，董宁不放心老妈一个人出去，他还是很了解自己的亲妈的，知道她可能做出什么事来，就追了出去。果然，她打电话，越打越大声,后来董宁追到她身后都听见了。董宁先是跟他妈大吵了一通,然后不顾阻拦开始给萧飞打电话,萧飞却没有接。他先跑到萧飞家里,看她没在家,又赶到咖啡馆,居然又扑了空。

"超超,你就帮帮我吧,告诉我萧飞去哪儿了。"

"你妈为什么那么讨厌萧飞?"

"这事儿三言两语说不清楚。反正就是,小时候,萧飞被人欺负,我帮着她来着,受了点伤,我妈太担心了,就不让我跟萧飞玩。"

"就这样?"

"对,就这样。"

"那你还愿意跟萧飞玩么?"

"哎呀超超,你就别折磨我了,我真的怕萧飞有什么想不开的。"

"你叫董宁,是吧。董宁,难为萧飞处处为你着想成天护着你,你太不了解她了。她是那种一生气就不接电话的人吗?尤其是你,你的电话她无论如何都会接啊。"

"可她刚才真的没接,直接挂断了。"

"那可能真的不方便接。你知道的,她最近很忙,认识了公子哥儿,昨晚又跟好多台球明星电影明星合影,有了很多新朋友。昨天跨年没玩够,今天新年接着玩呗。她早上过来给我看了看她跟明星的合影,就又走了,说是有约会。"

"真的?"

"是真的。"

"她真的没有看起来不高兴吗?"

"没有啊,她高兴极了,刚才接她走的那辆车好几百万呢,一看就是有钱人的车。"李超超饶有兴致地看着董宁的脸,由焦急变成疑惑,又由疑惑变成紧张,又由紧张变成失望,最后简直有点万念俱灰。她终于忍不住笑了出来:"你还是喜欢萧飞的,是吧?"

董宁一下子有点跟不上她的节奏:"你说什么?"

"我说你,是不是喜欢萧飞?听到她跟公子哥儿走了,魂儿都吓没了。"

"没,不是你想的那样。我只是担心她。"董宁还是不甘心,"会不会是,她先被人接走了,你看到的时候她是高兴的,后来才接到我妈的电话。我妈的话说得很重,我听到了几句。我怕萧飞受伤。"

"还算你有点良心。萧飞是接到你妈的电话了。我真是不明白,她跟萧飞到底有什么深仇大恨,可以用那么难听的话羞辱一个女孩子。算起来,你跟萧飞是青梅竹马,那你们两家应该离得不远吧,她也算看着萧飞长大的长辈,就这么不喜欢萧飞?"

"我妈那人,哎,算了,一时半会儿我也解释不清,反正我得先找到萧飞。"

"萧飞要打官司,去见律师了。"

"打官司?"

"对啊。具体的我就不太清楚了。反正她是去见律师了,估计是不方便接你电话。"

"这个笨蛋,又摊上什么麻烦了!她怎么总是让人担心啊。"董宁重重地跺了一下脚。

让董宁担心的萧飞，正坐在律师事务所里，手里捏着晏景和给她的那张名片，犹如持有一把尚方宝剑。

"熊律师，我向您保证，董宁他一定会是一个出色的法务人员。他没通过司法考试只是暂时的，他在您这儿实习也是暂时的，您有足够的时间考察他是否能够胜任这份工作，对不对？考试是衡量一个人的重要标准，但绝对不能成为唯一标准。您给他一个机会，也是给您的律所一个吸纳人才的机会。"

萧飞的这番歪理成功地让熊律师笑了。

"我记得晏景和说，你过来是谈你家拆迁的事，怎么变成了求职？"

"我家拆迁的事已经没什么好谈的了，我已经跟相关部门问得很清楚了，违章建筑是要拆的。我认了。但是，董宁，真的特别优秀，他适合你们这儿。"

"这个有点超出晏景和托付我的范围。你知道，我们是律师事务所，是讲求效率和效益的地方，我是绝对不会看晏公子面子而安排一个闲人进来的，这一点还请你别介意。"

"不，他不是闲人，听我讲。他是个非常有恒心的人，喜欢一个姑娘，一下子就坚持了十年，直到那个姑娘宣布订婚。他还很能吃苦，喜欢的人去上海读书，他就考去上海的大学，您知道的，作为地道的北京男孩到了那边很难适应环境的，他因为水土不服好长时间都拉肚子、长疹子，每次回家都像饿鬼投胎似的吃很多东西，就是因为那边的饭菜吃不惯，但是因为那个姑娘爱吃，他就陪着一起吃。他精力充沛，高中的时候总是大中午不睡觉跑出去打篮球，下午上课一点都不困。他还很聪明，我们小时候贪玩，总是放学后一起偷偷跑去打桌球，打到很晚，我都累得睡着了，他一口气把我们两个人的作业都写完了，还模仿了我的笔迹，班主任都没看出来。他还很坚强，高考的前一天，他的胳膊脱臼了，疼得抬不起来，他就是拖着这样的胳膊上了考场，还考上了重点大学。他很会照顾人，我们一起出去郊游，他可以同时帮几个人背包，肩膀磨破皮了都不喊累，还把自己的零食让给别人吃。"

　　萧飞说着说着，心早就飞到了董宁身上，她的眼前已经不再是熊律师的豪华办公桌，而是变成了董宁的脸，由于总是中午打球而晒得黑黑的，但是鼻梁很高，唇线好看，笑起来露出白牙，俊朗又阳光。细数董宁的优点，三天三夜也说不完啊。

　　"总之，熊律师，董宁真的非常非常适合你们团队，您就给他一次机会吧。晏景和把您的名片给了我，我激动得都快哭了。这简直是命中注定的，董宁就属于这里。"

　　"听你这么说，我倒真是对这个男孩子有兴趣了。"

　　"他真的真的非常棒。您就给他一次机会吧。"

　　"好吧，我也不能完全不给晏公子面子，况且我这里也需要年轻人。假期结束后我就让人力资源的负责人给他打电话，过来实习。"

　　"别，熊律师，您太忙了，万一假期结束后您来不及打电话，就耽误了。"

　　"放心，我写在备忘录上。"

　　"那也有可能忘记的。您现在打，行吗？"

202

"现在？小姑娘，现在是假期，大家都在休假啊。"

"不是说律师没有假期吗，您就打吧，好吗？现在打吧。"

"我看你倒是挺适合到我们的业务部门工作。"

"我吗？我才大三，还有很多专业课没修完，要是明年您还想要我，我第一时间赶到。现在您最需要的是董宁。您打电话吧，打吧打吧。"

熊律师给人力资源负责人打电话的时候，自己都笑了一下。元旦不休假，却在办公室接见一个一分钱咨询费都不花的小家伙已经是破天荒了，更破天荒的是，他要在这样的日子里让正在休假的人力资源负责人通知一个大四的学生，三天后可以来律所上班，而这个学生曾经在他们的面试中被淘汰过。

熊律师打完电话，问萧飞："还有什么要求吗？"

萧飞咬了咬牙，捏了捏手中的名片说："我答应了晏景和只欠他一个人情的，您帮了我这么大的忙，按说我不能再提要求了。但是，我厚着脸皮再说一句吧。您千万别跟董宁说，是我帮他求来的实习机会，他会难堪的，万一有了心理负担工作时发挥失常就坏了。您就说，招聘要求调整了，或者，多给年轻人一个机会。反正您千万别提我就好了。"

"小姑娘，你这么费心，是喜欢董宁吧？"

萧飞迟疑了一下，说："我已经不敢提这两个字了。我只是想尽量帮他做点事。跟他为我付出的比起来，我做得再多也显得微不足道。"

只想跟
这个还算知己的人

说几句贴心话

戴安醒来的时候，晏景和还在睡。他坐在副驾驶的位置，身上还裹着粉红色的小猪毯子，小猪的脸跟他的脸挨在一起，很是亲密。戴安看了他一会儿，想到晚上他不住央求"这边儿好多度假村啊好多房子啊，咱们去睡吧，我保证坐怀不乱"，结果还是乖乖在车上睡着了，戴安忍不住笑出来。除了"死性不改"，想不出更合适的词儿来形容他。这么多年了，甜软绵贱的样子一点没变，当爹都当了半辈子，自己还像个孩子。

晏景和睫毛眨了眨，脸在小猪的脸上蹭了蹭，换了个姿势，还想接着睡，戴安狠了狠心，推了他一把："别睡了，起床了。"

晏景和不清楚地咕哝了一声，皱了皱眉，睁开眼睛，看到戴安，立刻笑了。"睁眼看到心上人，起床这种事儿都变得愉快了。"说着要坐正，却猛地"哎哟"了一声，"我的脖子！早跟你说咱们去开房吧，你非要在车里睡，我脖子扭了！"

"别开房开房的说得那么恶心，不是说好了，就当咱们是陌生人。你会随便跟陌生人开房吗？"

"又不是没开过！"

"算你诚实。谢谢你陪我跨年。你先回家吧，我还有事，就不陪你了。"

"你睡了我，天一亮就这么把我打发了？"

"还想怎么样？"

晏景和凑过来："早安吻是要有一个的吧。"

戴安把小猪揪过来在他的嘴上亲了一下："好了，早安。拜拜！"

晏景和不高兴地撇撇嘴,说:"狠心的女人。"

"今天马天越复查,他的伤应该好得差不多了。他这次出事都没告诉家里人,全程都是我在照顾。我也算送佛送到西吧,好人做到底,陪他做完这次检查,我就可以放下了。"

晏景和一跃而起:"真的?"

"你那么激动干吗?"

"你放下他就可以续跟我啦。"

"我才不干那种才出龙潭又入虎穴的蠢事儿呢。"

"蠢不蠢的,要干了才知道。"晏景和坏笑着往戴安跟前凑,被戴安一巴掌拍开。"快滚,一身的酒气,昨晚还不知道干了什么坏事呢没好好交代。你这副德行,开车回去恐怕都过不了交警那一关,你当心点吧。"

"放心吧,不会有事的。那咱们说定了,马天越那边复查完,你就来我家?"

"去你家干吗?"

"今天新年啊,咱们一起过,我让厨子准备你爱吃的菜。"

戴安想了想,说:"好。"

"一言为定啊,不许反悔!"晏景和幸福得像个小孩。

"一言为定。"

晏景和准备下车,开了车门,又转身回来。

"怎么了?"戴安问。

"给你。"晏景和伸过一只手来,"知道你喜欢,再让你摸摸。"

"滚。"要不是车里伸不开腿，戴安真想踹他。

戴安回家梳洗换衣服，看到镜子里的自己有些憔悴，想了想，把衣服脱了，重新找了套浅色系的换好，显得精神些。

马天越的病房里不是他一个人，除了主治医师和两个护士，还有两位老人。马天越见到戴安，很热情地打招呼："戴总新年好呀！"

"马总新年好！昨晚小酒喝得开心吗？"

"托福托福，非常开心。"

"那就好。这二老是？"

"这是我父母，从老家过来了。"马天越给两位老人介绍："爸，妈，这是戴安，我的好朋友，也是生意上的合作伙伴，我住院这些天都是她在照顾我。多亏有她！"

戴安大方得体地问了好，心里却没法不感慨，马天越啊你真行，这样的场合让我见了你的父母，又用这样的一种方式向你的父母介绍了我，不着痕迹跟我划开界限，情分完全不顾。

"二位老人住哪里呢？医院附近有不错的酒店，我去安排。"

"你不用客气了，他们就住我家里。我弟弟也来了，家里由他负责。不能再给你添麻烦了。"马天越说完就问医生："结果什么时候能出呢？"

"下午吧，我再跟几个专家会诊一下。"

"那好，您费心。"

医生带着几个护士离开，戴安问马天越："是我来晚了吗？已经复查完了?"

"你没晚,还早了。是复查时间提前了。"

"怎么提前也不通知一声。有什么问题吗?"

"没有啊,我这不好好的吗?"

"那他刚才说专家会诊是什么意思?"

"确保万无一失啊。"

戴安还是有些不放心,但是碍于两位老人在,不便多问,就陪着随便聊几句家常。马天越忽然说道:"我带的那家店,就让李超超当店长吧。"

"你这次复诊没问题的话就可以出院了,自己继续打理不是挺好吗?"

"我也得腾出手来做更大的事呀,一家分店而已,交给她做没问题的。"

"你已经决定了,就是通知我一声呗,那我没意见。有意见也没用。"

马天越一笑:"我就知道你有意见,这个意见源自对李超超的偏见。"

"偏见说不上。只是觉得会有更好的人选。"

"你怎么就那么不喜欢她呢?"

"你住院之后那家分店是我在打理,我也倾注了心血的,我的朋友都以为那里有我的股份。其实没有。到头来我连个发言的权利都没有,心里有些不平衡。"

戴安语气有些急了,马天越却依旧慢悠悠的:"不要不平衡,以后还有大事要你决断,这点小事你就放手吧。"

"需要我放手的事情还真多。"

马天越的父母插不上话,又怕耽误他们聊正事,就拿起暖水瓶要去打开水。戴安接过暖瓶说:"我来吧,我比较熟悉。"

戴安拎着暖水瓶走在走廊里,觉得无比自由。她一直觉得自己被执念困住了,现在明白,其实世间本没有执念,或早或晚总会有放手的时候,只看时机到没到罢了。茶是慢慢变淡的,咖啡是慢慢变凉的,再醇厚的感情也会在反复被冷落之后变凉薄。别说真爱面前可以践踏自尊,连自尊都放弃的人,一定是弄错了爱情的定义。她真傻,怎么会傻了那么久。

一切释然,戴安把暖水瓶放到了病房门口,并没有进去,直接离开了。

已经是中午,门诊大厅的人少了许多,戴安径直朝门口走,却被一个小小的身影吸引了注意。陪马天越住院这些天,戴安见惯了医院上演的各种悲欣交集,已经练得不为所动,但是那个身影太惹眼,咖啡色的衬衣,肩膀上两块奶油色的补丁,袖口还有奶油色的字母,那是"等你"的英文单词Wait For You。是咖啡馆的工作服。那个人正蹲在缴费窗口不远处的墙角,双手抱着头,双肩一耸一耸的,显然在哭。戴安认出是"等你"咖啡馆的工作人员,不确定是否认识,迟疑了一下,还是决定问候一声。一拍肩膀,抬起来的居然是萧飞的脸。

"萧飞?你怎么蹲在这儿哭?"

萧飞鼻涕眼泪抹了一脸，抬头看见戴安，更觉见了亲人，哭起来更肆无忌惮，抽噎得完全说不出话，手里捏着缴费单，全身都在发抖。

"咖啡馆又出事了？"

"不，不是咖啡馆。"

戴安扶她站起来，坐到一旁的椅子上。

"孩子，别哭，告诉我怎么了。"

"是我妈妈，晕倒了。"

萧飞从律师事务所出来，心情大好，刚才跟熊律师聊天，中途有个董宁的电话打过来，她不方便接，就按了挂断，这会儿想要给他回个电话，却碰巧有电话打进来。电话号码居然是她家台球厅那部几乎快要闲置的座机电话。

"喂，是萧飞吗？"

"我是呀。你是，刘二婶？"

"对对，哎呀萧飞你赶紧回家来，你妈晕倒了！"

萧飞吓得魂不附体，打车飞奔回家，120的急救车已经停在门口。萧飞也顾不上多问，手忙脚乱把妈妈送上车。妈妈得到了及时救护，医生说是冠状动脉硬化，在上了年纪的人身上很常见，受到了突然的刺激导致突然性的昏厥，具体情况还要进一步检查。

萧飞看妈妈的状况还算稳定，就拜托了护士照看，自己拿了一叠单子去缴费，才得空给家里的邻居刘二婶打了个电话，问清楚究竟发生了什么。

原来，董宁的妈妈还气不过，直接找上萧飞的家门去吵架，当时萧

210

飞妈妈正在台球厅,董宁妈妈堵在台球厅的门口骂了很多难听的话。具体说了什么,刘二婶打了个遮掩,说记不清了。萧飞谢过刘二婶,挂断电话,心中的自责和委屈排山倒海压过来。

自董宁回到北京找工作后,萧飞就一直很紧张。她问自己,你紧张什么呢,朝思暮想了三年多,他总算是跟你在同一座城市同一个街区了,你紧张什么呢?然后脑子里另一个声音回答,怕他有女朋友啊,怕他突然某一天跟心爱的女神出双入对在你面前秀恩爱啊。周琮这个天字第一号"情敌"总算是解除了警报,董宁又受了伤丢了工作,这都跟她有脱不掉的关系,渐渐淡忘的往事又一次次变成噩梦狰狞着出现在她梦里。你是扫把星,你没法带给董宁幸福的。一个声音反反复复在她枕畔低语。现在,这件事已经不再是小儿女卿卿我我那样简单,还牵扯到了妈妈,一个历尽苦难的寡妇用十几年的辛劳坚韧换来的世人的理解和尊重,轻而易举就被她女儿的冒失和鲁莽打得粉碎。萧飞,你十恶不赦,你是天下第一号罪人。那个声音变成了紧箍咒,就要捏碎她的脑袋。萧飞终于崩溃,蹲在墙角哭起来。医院真是个好地方,人们不用掩饰自己的脆弱和无助,不用担心暴露自己的内心而觉得羞耻。白墙可以粉饰一切,消毒药水可以漂白一切,就,哭个痛快吧。

戴安以为萧飞是担心妈妈的病,所以不停安慰她道:"不用太担心,先按医生说的拍片子做造影,看看血管堵塞程度再说。我爸爸几年前就有了这个毛病,还装了支架,现在身体非常好,完全看不出来是个病老头儿。"

"我明白了,谢谢戴总。"

"钱够用吗？"

"够用。"

"我陪你去看看阿姨，还能帮着你跑跑腿什么的。"

"不不不，不麻烦戴总了，我行的。妈妈在输液，情况暂时挺稳定，有护士帮我照看着。再说那边病房好像不让进太多人，您过去连个坐的地方都没有。"

"这倒也是，心脏病人最需要安静和休息。今天马天越复查，我一直在医院，你有事随时打我电话。医院太大，你一个人跑来跑去的需要时间，多个人帮忙总是好的。"

"知道了，谢谢戴总。等妈妈这边忙完了，我去看马总。"

"好。"

萧飞回病房找妈妈，戴安看着她的背影，直到"等你"咖啡馆的制服消失在走廊尽头，转身又去了马天越的病房。

马天越的父母已经回家吃饭，病房里就剩他一个人。马天越正拿着笔记本电脑用没受伤的左手笨拙地写着什么东西，看见戴安进来，他笑了。"我还以为你生气就放下暖水瓶不辞而别了。"

"我是那么小气的人吗？"

"我对你还是有些了解的。"

"你突然提出来让李超超做店长，是有原因的吧？"

马天越笑笑，把电脑合上放到一旁："看出来了？"

"我对你还是有些了解的。"

"是出了点儿情况，是我原先没有预料到的。昨天晚上李超超来我这儿陪我跨年了。"

"然后呢，以身相许了？就换了个店长头衔？"

"别那么刻薄。她来了一会儿，我看时间不早了，就让她回去了。然后又来了一个人。"

"我得去医院提提意见了，怎么你这病房大半夜的什么人都放进来？还有个探视时间没有？看门的都是摆设吗？"

"你别急，咱们先不说这个。后面来的这个人我挺意外的。"

"谁？"

"李超超的男朋友。"

"人家捉奸来了吧。"

马天越笑出来："你是怎么了，打翻了醋坛子？你在外面狂欢跨年，还不许我这儿有个人来探望探望啊？"

"有醋也轮不到我吃。再者说，"戴安狡黠一笑，"我在外面狂欢跨年你介意了？"

"不斗嘴了。接着说正事。李超超那男朋友还真有心，跟咖啡馆隔壁酒吧刘老大那儿打听到我住的医院，连夜赶过来，聊了大半夜。"

"聊什么？"

"聊理想聊人生啊。他说李超超是个积极上进又聪明的姑娘，就是缺乏机会，一旦给她合适的平台，她是能做出成绩的。"

"我最讨厌的就是这种人，削尖了脑袋往上挤，为达目的不择手段。"

"你是没在低处待过，所以不懂得那些往上挤的人。"

"我是不懂大半夜钻到男老板病房里赖着不走的女孩。"

"咱不说她了，还说她男朋友。她男朋友要离开北京回老家去了，临走之前来求我，给李超超一个机会。"

"所以你就答应了？"

"换成一般人我是不会答应的。但是那男孩得了白血病，活不多久了，我想满足他一个心愿。他说，李超超跟他在一起的时候光吃苦了，没享过什么福，他眼看要走的人了，想最后为她做件事。"

戴安倒吸了一口冷气："他说的是真的？"

"那男孩子看上去很诚恳，我信他。"

"我有点，不知道说什么好了。"戴安轻声叹了口气，"这是大事，你打算告诉李超超真相吗？"

"我是想说的，但是那男孩千叮咛万嘱咐，不让我说。他说，在李超超眼里，他就是个不求上进的笨蛋，是个逃离北京的窝囊废，那就让李超超一直这么以为好了，免得她知道真相之后心里愧疚。"

"这男孩想得真是周到。他是真心为李超超着想啊。那现在他人呢？"

"今天早上应该已经回老家了。"

生死的事总是容易让人变宽容。戴安先是在外面听说萧飞妈妈的病，进来又听马天越说到这件事，之前关于自己的爱恨感悟已经完全丢到脑后，心里升起一种万事皆空的苍茫感，只想跟面前这个还算知己的人说几句贴心话。

"马天越，其实昨天晚上我也来医院看你了。我原本在朋友家参

214

加跨年派对，看到你发的朋友圈微信就赶过来了。我不想让你一个人跨年，不想看到你一个人喝酒，那太冷清。但是到门口的时候，我看到你被一群小美女围着有说有笑，觉得自己自作多情真是可笑到了极点。然后我就走了。没想到短短的时间发生了那么多事。"

"我知道你来了。"

"你知道？"

"我对你还是有些了解的。"

戴安用手戳了一下马天越的脑门儿，说："你了解个屁！"

马天越笑，说："值班护士告诉我你来了又走了。我想给你打电话的，后来想了想，你会有人陪的，就没打。"

"这次你说对了，我是有人陪。我以前的一个男朋友从法国回来了。"

"哟，鸳梦重温呢！"

"冷了太多年，温不过来。"

"那可不一定，你没听歌里唱吗，情人总是老的好，曾经沧海桑田分不了。"

"呵呵，是够沧海桑田的，都能演四十集黄金档电视剧了。马天越，你说，咱俩这几年，算不算沧海桑田？"

"咱俩是兄弟情深啊。"

戴安笑出声来："好吧，在你面前我是彻底认栽了。"

马天越也笑："别在我这儿瞎耽误工夫了。戴安，听话，不管是旧爱，还是新欢，找个懂得心疼你珍惜你的人，好好恋爱，好好生活。我不值得你付出这么多。这几年咱俩吵吵闹闹说说笑笑,挺好,我很珍惜这份友谊,没有过多非分之想。"

戴安不再笑,认真看了马天越一会儿,说:"你有事情瞒着我。"

"没有。"

"我对你还是有些了解的。"

"我说了,没有。"

"马天越,兄弟情深的前提是什么?"

"什么?"

"不能说谎。"

放弃
是一瞬间的事,

也是
一辈子的事

萧飞眼睛直勾勾地看着药瓶里的液体一滴一滴滴进导管，再进入妈妈的血管。妈妈原本就瘦，血管张牙舞爪在她的手背，好像输入的药液都被血管本身吸收了，而不是进入妈妈的身体。萧飞想到了一个日本漫画《寄生兽》，她怀疑是不是有什么怪物寄生到了妈妈的身体里消耗她的能量，夺走她的养分，偷走了她的青春。萧飞心里笑了一声，萧飞，那个寄生的怪物就是你啊。这些年，要不是为了把你养大成人，妈妈早就能改嫁个好人家，过舒服一点的生活了。萧飞想起小学三年级那会儿，有人给妈妈提亲，男方家境还行，对妈妈也很认可，但就是不喜欢萧飞，明确提出让妈妈把萧飞送到农村的姥姥姥爷家里。萧飞是在门缝外面偷听到的，心里顿时就凉了。但是妈妈当即一口回绝，以后再没跟那人见面，也再没接受过任何提亲。她封死了所有更宽广更便捷的道路，选择了当一个独自养孩子的寡妇。可是萧飞，你是怎么回报妈妈的呢？她给了你无忧无虑的童年，你给了她忧心忡忡的中年；你享受了豪放鲁莽的青春，留给她不堪重负的心脏。你还不承认自己是个害人精？

"孩子，你在想什么呢？眼睛都直了。"妈妈的手在萧飞眼前晃了晃。

"没，没想什么。"萧飞揉了揉眼睛，"妈，您饿不饿？医院的饭菜不好吃，我去给您买面包牛奶吧。"

"不用，一直在输液，我不觉得饿。你忙了一上午了，要吃点。"说着用空着的那只手拿过床头柜上的煮鸡蛋塞到萧飞手里，"你还得准备期末考试呢，可不能累病了。"

"妈，都是我不好，又惹祸了，还连累您挨骂。"

"你没惹祸。妈听得很明白,你一点错都没有。董宁是个好孩子,关键时刻总能帮到你,我还得找机会谢谢他。"

萧飞一再提醒自己不能在妈妈跟前掉眼泪,可是听到董宁两个字,无论如何都忍不住,眼泪一下子涌出来:"妈,我以后再也不跟董宁一起玩了,躲他远点。"

"净说傻话,妈看得出来,你是喜欢他的。床底下藏着那么大的一个头盔,是要送给他的吧。"

萧飞一边揉眼睛一边摇头,说:"不是,不是,谁也不送。"

"你们从小就一起玩,你的心思别人看不出来,妈妈怎么会看不出来。董宁在上海的这几年,你的魂儿都没了。"

"妈,别说了。我和董宁没缘分。就算有,也是孽缘。他是一直把我当兄弟看的,还说结婚的时候让我当伴郎呢。"

萧飞妈妈一下子乐了:"他真这么说?你们这些孩子也真行,什么玩笑都开得出来。"

"是吧?他够损吧?我怎么能跟这种人在一起。"

"就怕你口不应心吧。你从小就喜欢跟他一起玩,不管干什么都叫上他,我给你做点好吃的,你也喊他过来一起吃。你呀,说是假小子性格,到了董宁身边就完全一颗女孩心。你们现在流行叫什么来着,对,少女心。"

萧飞原本满脸是泪的,听妈妈这么说,忍不住笑出来:"妈,什么少女心,我都二十多了。"

"你在妈面前还卖弄岁数。妈是从你这么大过来的,我懂。以前我

219

喜欢你爸,也是成天小尾巴似的跟着他。"

"我爸那么帅,换我我也跟着。"

"董宁也不丑啊。"

"妈,别再说他了,我跟他没希望了。就当朋友吧,还能留个好念想。在朋友里我算最好的,这点儿信心我还有。反正咱们那片儿马上就拆了,拆了之后大家都得搬走,各奔东西,谁也见不着谁。眼不见,心不烦。"

"嘴还挺硬,妈就怕你眼不见,净心烦。"

"妈,有您这么说自家闺女的吗,我怎么就那么倒霉,一辈子在他一个人身上吊死。再说了,"萧飞才有了点精神,说到沮丧处又颓了,"就他那妈,恨我恨得咬牙切齿,骂我都不解恨,还堵上门去骂您。咱们两家算是结仇了,我跟董宁不会有结果的。"

萧妈妈倒是笑了:"你这孩子,想得还挺多。妈都没往心里去,你还记仇了。"

"她害您吃了这么大的苦,我不记仇我还是人吗。别说董宁根本没想跟我谈恋爱,就算他真有这份心,我也没法面对他家的人。"

"傻。恋爱是你们两个人的事,只要董宁心里有你,其他都不成问题。以前我嫁给你爸,你奶奶也不愿意,特别是我生了你之后,你奶奶嫌你是女孩,咱家的门一次都没登过。那不妨碍你爸我俩感情好。"

这个萧飞倒是很赞同。她还记得很小的时候,逢年过节爸爸妈妈带着她去爷爷奶奶家拜年,无论拿多少好东西去,奶奶总是不正眼看一眼,一句话都懒得说。爸爸走得早,葬礼上奶奶说的最多的就是冲妈妈

喊"你这个扫把星"。

"妈,现在时代不一样了,您跟我爸那样的感情,不会再有了。现在都提倡爱自己,爱情再重要,也没有自己重要。"

"那是因为爱得不够。"

萧飞不得不重新打量妈妈。她们已经很久没有像今天这样聊过天了,妈妈在家看店,萧飞不是在学校就是在咖啡馆,连家都很少回,翻翻微信聊天记录,母女两个说的最多的就是"孩子,今天回家吗""不回"这样的一问一答。萧飞问自己,每天忙着挣钱说是为了送给妈妈一次香港游,但是这半年连妈妈的脸都没仔细瞧瞧,还怎么好意思说自己爱妈妈?

萧飞忍不住摸了摸妈妈的手。液还没输完,冰凉的液体不断输入血管,妈妈的手很凉。萧飞又开始自责。要不是她害董宁受了伤,董宁的妈妈就不会去家里闹,自己的妈妈也就不会受这份苦。如果爱情需要一个人默默流泪默默奉献默默牺牲,萧飞是连眉头都不会皱一下的,可是现在连妈妈都要被她连累,在所有老街坊的眼皮底下被人数落,她还怎么好意思再谈什么爱情,那些自以为崇高的爱情理想,根本敌不过现实的狰狞嘴脸。

萧飞把妈妈的手紧紧握了一下,说:"妈,这份爱情的代价太大了,我不确定自己给得起。"

"好的结果都没有便宜捡来的。你想种点庄稼,得付出春天夏天的劳动。你想要个孩子,得十月怀胎还要经历生产的艰难。就说咱们的台球厅吧,这么多年也算养活了咱们娘俩,但是你想想,咱们多不容易才经营下来。就不说妈了,单说你,别人家的女孩子都爱买衣服买项链周末出去逛街,你除了帮妈妈看店,哪儿都不去。妈一想到这些就觉得对不住你。"

"妈,您说哪儿去了,我看店那是因为我喜欢台球。您不知道,就我这无师自通的台球本领,出去打球人家都以为我拜了师傅专门学过呢。"

"妈知道你打得好,那也是你闷在家里苦练练出来的。喜欢打球你就能吃苦训练,喜欢一个人怎么可以轻易放弃呢?孩子,你觉得放弃是一瞬间的事,但实际上可能是一辈子的事。你要考虑清楚。"

萧飞的心猛地一收。"一辈子"三个字像根针在心尖刺了一下。要一辈不再跟董宁见面,光想想她已经撕心裂肺了。

"妈,咱不提这些烦人的事儿了,先说您的病吧。医生说了您的病不是很严重,血管堵塞面积不算大,可以选择支架,也可以做保守治疗,就是吃药、休息。您选哪个?"

"那就保守治疗吧,把个什么东西放到血管里,听起来挺害怕的。我觉得我没事,上午昏倒了可能是低血糖。"

"那行,那咱就保守治疗!您可得好好配合治疗,以后咱的好日子多着呢!"萧飞翻了翻手机,找出一个手机订单,拿给妈妈看,"我原本想到了出发的日子再给您一个惊喜的,不过我有点忍不住了,先给您看看!"

"这是什么?"

"香港啊,老妈,这是香港啊!"萧飞兴高采烈地挥舞着手机,

222

"我订了去香港的双人游,春节咱娘俩一起去!"

"你这孩子,这么大事怎么都不跟妈商量商量!"萧妈妈语气是责备的,但是脸上是抑制不住的喜悦,接过萧飞的手机不停地看,"这样就能去香港了?"

"这是旅行社的订单记录,钱我已经交过了,是我这学期做兼职偷偷攒下的。到时我们只要带着行李去旅行社集合就可以啦。"

"然后我们就可以去香港见赌神了?"

"对呀!"

"去见古天乐和蔡少芬?"

"对呀!"

母女俩忍不住伸出手来击掌,同时喊了一声"耶",惹得病房里其他人都朝她们看。有个病人问:"什么事这么高兴呀?"

萧妈妈得意地说:"我闺女请我去旅游,香港啊,那可是香港啊,以前只在TVB上见过,现在我要去看真的中环和西贡码头了!我闺女好吧!"

萧妈妈的话音未落,病房门腾地一下被人推开,董宁气喘吁吁地喊:"萧飞,我总算找到你了!"两个护士紧随其后,死死拽住董宁的衣服往外拽,喊着:"你这人怎么这样啊,这里是病房,你再撒野我们喊保安了!"

"萧飞,我有话对你说!"董宁就像脱缰的野马,两个护士根本拽不住他。

"董宁,你别在病房吵。"萧飞赶紧站起来,同时连忙跟护士说:

"他是我家亲戚，对不住了，让他进来吧。"

小护士非常生气地说："亲戚也不能乱闯啊，都像他这样一间一间地找，还瞎嚷嚷，病人怎么休息？再说了，现在已经过了探视时间了，你，"她指指萧飞，"也该出去了，让病人好好睡个午觉！"

萧飞听到这话连忙求情道："我不出声，我保证不出声，让我在这儿陪我妈妈吧，她是急诊送进来的，我很担心她。"

"那也不行，现在这个点儿不让家属陪，晚饭时间再来！"

萧飞焦急地看妈妈，妈妈冲萧飞挥挥手，说："妈在这儿没事。你先回家吧，吃点饭，再帮妈拿些住院用的东西，拿几件换洗衣裳。医生不是说要住院观察几天吗？"

萧飞这才不再争辩，拉着董宁出了病房。

"萧飞，我才知道我妈又去胡闹了。我上午给你打电话你没接，我就跑去咖啡馆找你。李超超说你出去了。然后我回家，才听人说你妈妈进了医院。我赶紧来了，阿姨身体怎么样？要紧吗？为什么要住院，要动手术吗？"

董宁不停地说着，萧飞没回答，只是迈开大步往前走。董宁两条大长腿紧着迈步才能追上她。见她一直不说话，干脆一把拉住她的衣袖。"哥们儿你别不理我呀，要打要骂都随你，我知道我妈伤害了你，我拿她没办法，但是我不能让你受委屈，你冲我发发火行吗？"

萧飞停下脚步，看了董宁一会儿，说："我饿了，忙活了一上午，中午又没吃饭，现在特别饿。想吃碗面。"

"行，我请你吃。"董宁四下看了看，说，"那边有家牛肉面，怎么样?"

"不想吃,想吃炸酱面,就我们胡同口那家。"

"走,咱去!"

那家炸酱面馆曾经是萧飞一帮小伙伴的据点,夏天下午放学饿了,回家又没到晚饭时间,就先跑去一人一碗炸酱面,豆芽是老板娘自己发的,心里美萝卜和顶花带刺的嫩黄瓜都切丝当面码,拌在面里别提多好吃了。萧飞总是疑惑,为什么店里的炸酱面就是比家里的炸酱面好吃。老板娘人好,炸酱的配方从来不藏着掖着,谁问她都说,可是没有一家能够做出跟她家一模一样的炸酱面。所以这帮小鬼一提炸酱面,想到的不是"妈妈的味道",而是"胡同口老板娘的味道"。后来萧飞想,也许是因为有董宁一起吃的缘故吧,味蕾贪恋的是炸酱面,而眼睛和心都在贪恋着董宁。

冬天的生意不如夏天好,又是下午,店里一个客人都没有。萧飞和董宁进店的时候,老板娘正抱着手机看韩剧。这么多年了,董宁和萧飞从戴红领巾的小屁孩变成心事重重的成年人,老板娘也从一头青丝用筷子挽起的大美人变成发髻中混杂了白发的迟暮美人,岁月对谁都残酷,也对谁都公平。老板娘看他俩来了,很热情地打招呼道:"还是老样子,一碗凉面一碗热面?"萧飞喜欢吃热面,董宁喜欢吃凉面,这么多年了都是这样。董宁点了头,萧飞却摇头说:"我也要一碗凉的,今天火大,降降温。"

董宁的脸腾地红了,他对老板娘说了一句:"那我要热的。"然后转向萧飞,说:"我妈今天太过分了,刘二婶没跟我细说,但我可以想得出来,她那张嘴……"

"她没什么不对。爱子心切,我可以理解。"萧飞打断他,"反倒是我,最初就应该上门负荆请罪的,一时心存侥幸觉得她不会发现,到头来还是露馅了。"

"都怪我,太粗心大意了。"

"你可千万别这么说,董宁,我已经觉得很对不住你了,害得你实习工作丢了,还有家不能回,窝在那个破房子里睡也睡不好。一开始你跟我说租的三室一厅,我还没什么概念,以为会是不错的房子。那天晚上亲眼看了才知道租房太苦了,远远比不上家里。现在好了,你可以回家住了,我也放心些。"

老板娘把面端过来,一边熟练地往面里倒面码一边笑呵呵地说:"怎么啦,都快放寒假了,应该高高兴兴商量去哪儿玩呀,怎么还愁眉苦脸的?"

萧飞接过面,拿筷子搅拌着,说:"发愁考试呀,遇到大考试了,担心会挂!"

老板娘大笑,说:"挂不了挂不了,"说着拿来一个茶叶蛋,"免费送的,在我这儿吃面不挂科!"

只有董宁听得出萧飞话里的弦外之音。他不知道是萧飞变狡猾了还是自己变敏感了,这么简单的一句话,怎么让他紧张得像进了司法考试的考场似的。

"对了,告诉你一个好消息!"董宁振作精神,"我接到律所的电

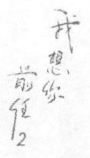

话了,他们通知我两天后就去律所实习!我真是没想到,太高兴了!"

"真的呀,太好了!"萧飞装作很吃惊的样子回了一句,然后大口吃面。这店里开着暖风,可凉面吃到嘴里还是凉得她一哆嗦。

"说来也怪,我先前去他家面试,他们咬得特别死,司法考试过不了是不可能进他家的。可是现在又放宽政策了,觉得我面试表现不错,可以去实习,做些法务工作。"

"他们说你表现不错,那一定不是'不错',而是'很好'。你要加油啊,好好表现,那么有名的律所,进去了就会大有作为。"萧飞闷头吃面。

董宁把自己的那碗热面条拌好,推到萧飞面前,把她那碗凉的夺走:"吃了两口,火气也该消了,还是吃热的吧,就你那破胃,吃完凉面又该疼了。"

萧飞鼻子一酸,完蛋了,刚才小心翼翼垒起来的防线要垮。她把热面条推到一边,继续吃凉面,含糊不清地说:"这个挺好吃的。其实我最喜欢的是凉面,以前总是怕胃疼不敢吃,现在想破例爽一把。"

"想爽有的是办法,别跟自己的身体过不去。"董宁又把凉面夺走,把热面条塞到她手里,同时自己大口大口吃萧飞剩下的凉面。

萧飞看了他一会儿,也低头吃面。热乎乎的面条吃下去全身都舒服起来。

两个人都没再说话,埋着头吃碗里的面。

董宁先吃完,问萧飞:"你要不要再来一碗?"

"不要,我还加了个鸡蛋呢,够了。"萧飞吃完,伸舌头舔了舔嘴角沾的酱。她打小就有这个习惯。董宁看着就忍不住笑起来:"看样子你是不打算跟我说实话了。"

"什么实话?"萧飞的舌尖还舔着嘴角,就像动画片里刚吃完巧克力蛋糕的小猪佩奇。

董宁一边笑一边抽了张纸巾给她擦嘴:"你帮我联系了律所的实习机会,现在还装得没事人一样。"

"你想多了。你的实习机会是自己的优秀换来的,跟我没关系。"

"我要是连这点逻辑推理能力都没有,这辈子真就没机会当律师了。"

"不当律师可以在网上写神鬼小说啊,想象力太丰富。"

"李超超说了,你上午去见律师。怎么那么巧,你见了律师,我就接到律所来的电话。"

"这也不奇怪啊,一般来说面试后一周人力资源的人都会打电话通知的吧。"

"但今天是元旦啊,再敬业的人力资源也会放假的,他们犯不上为了一个根本不符合要求的实习生来加班打电话。"

萧飞一时语塞,支吾了一下,说:"反正跟我没关系,再说我也没那么大本事,让律所的人说招聘谁就招聘谁。我要真有那本事,一开始就让你去实习了,还送什么快递呀。"

"全都拜你那个'烦人精'所赐啊。李超超还说了,那个'烦人精'对你很好,有求必应,而他是完全有这个本事的。"

萧飞心里叫苦,李超超这个嘴巴可真碎,偏偏董宁这位准律师又太

228

能言善辩，于是干脆不再辩解，耍赖说："反正跟我无关。我去找熊律师是咨询我家拆迁的事。"

"不管你承不承认，萧飞，我知道你在帮我，又怕我有心理负担。你放心，我一定好好干，让熊律师知道你推荐的人没错。你的好我都记在心上。"

"你好好干就行了，别牵扯我，我跟这件事无关。再说了，我跟'烦人精'只是普通朋友，李超超说得太夸张了。"

"普通朋友？那他为什么请你去他别墅跨年？"

"你怎么知道？"

"我昨晚去店里找过你，你没在。李超超说你去'烦人精'家里跨年了，他亲自开车接的你，那车好几百万呢。我怕扫了你的兴，就没再给你打电话。"

"这李超超也太添油加醋了吧，明明是戴安接我过去的！"萧飞生气地用筷子敲了敲桌子，"不过昨晚我的手机确实没电了。很晚才看到你的短信。当时心情不太好，就没再回复你。"萧飞盯着面碗咬了咬牙，"董宁，吃完这碗面，我们就各奔东西吧。"

"什么？"

"我说，吃完这碗面，我们就各奔东西吧。"

"等会儿，你这思维跳跃太快，我有点跟不上。就算有了'烦人精'做男朋友，你也不至于跟穷哥们儿绝交吧。"

"我没开玩笑。今天咱们两家闹成这样，以后没法见面，你妈妈不原谅我，我也没法原谅她。反正这片儿也要拆了，老房子一拆，大家都搬，老邻居都散伙儿，咱们也就不用常见面了。咱们这十几年的情分我都记着，不会忘，但是以后我不会再找你了。"

"萧飞，你有毛病吧？"

"没有。今天我妈妈这一病，我想通了，很多事比爱情重要，很多人比你重要。"萧飞说完又连忙改口，"我是说，我妈妈，比你重要。"

"你别逗了。你说什么呢，是阿姨这一病把你吓傻了吧。"董宁一把抓住了萧飞的手，"千错万错都是我妈的错，你可以骂我出出气，你要是愿意我带你去找她当面让她赔礼道歉也行，但是你别拿咱俩的情分开玩笑啊。什么叫大家都散伙儿，谁也不理谁，你脑子也被人敲了吧，你忘了你在世贸天阶说的话啦？"

董宁真急了，嗓门越来越大，一句比一句声高。面馆的老板娘本来在看韩剧，现在改看他俩了。萧飞的手还被董宁攥着，她的脸都红了。

"你别嚷嚷，这是咱俩的事你那么大声干吗？"

"干吗？你是要干吗？你三岁小孩啊，一生气就绝交，你是不是还想把送我的橡皮和作业本要回去呀？"董宁说着说着站了起来。

"你坐下！"萧飞拽他。

"我不坐！"

"你给我坐下！"

"我不坐！你给我说明白，什么叫各奔东西，什么叫以后再也不找我了。你指天发誓地说要一辈子陪着我，这么容易就变啦？你不是在大屏幕上滚动了二十遍说你喜欢我，要我做你男朋友吗？你忘了我可没忘！"

"你给我坐下！"萧飞使劲儿拽他。

"你拽我也没用,你不能说翻脸就翻脸。我这还没说要做你男朋友呢,你就先让我失恋是吗,这要是真答应你,你下次是不是就该玩离婚了?"

"什么失恋离婚的,你别胡扯!"

"这就是你的逻辑。高兴就表白,不高兴就绝交。你平安夜在我床上怎么不说绝交呢?"

面馆的老板娘原本只是拿着手机时不时往他们这边看一眼,现在不看手机了,整个身子都转过来了,一心一意看他们现场直播。

"谁在你床上了。你给我小声点!"萧飞的手一直在董宁手里攥着,都被攥出了汗,开始打滑。萧飞这次真的用了力,使劲儿一甩,手是甩出来了,可是打到了一旁的碗,哗啦一下碗摔到地上摔了个稀碎。萧飞赶忙蹲下去捡碎碗,董宁也蹲了下去,不过不是捡碗,而是拉萧飞。"你别捡,当心碎玻璃扎手。你上个月不就在咖啡馆让碎玻璃扎了吗,熊孩子,真不让人省心。快一边儿去。我来。"

萧飞终于忍不住,蹲在那里呜呜地哭了起来。

"怎么,还长脾气啦?还不能说你啊。"

萧飞哭得更伤心。她后悔说出刚才的话了。她真的做不到跟他绝交,做不到今后都不跟他联系。他是她的双生灵,她的一切他都知道,如果跟他分开,她会死掉一半,会变成行尸走肉。

"行了行了,看哭得这么委屈。快起来吧。"

萧飞泪眼蒙眬地抬起头,发现董宁就蹲在她眼前,这么近,从来没有这么近过,几乎鼻尖挨着鼻尖。他的鼻梁特别挺,萧飞小时候做过的最缺心眼的一件事就是一边摸董宁的鼻子一边摸自己的鼻子,然后羡慕

231

地说"我也想要这样的鼻子"。不过那是幼儿园时期了。后来她再没机会这么近地靠近董宁的脸了。董宁好像也呆住了,他也觉得很久没这么近地看过萧飞了,她比小时候好看了,像个女孩子了,但是哭起来的时候嘴巴撇成八字、泪珠子吧嗒吧嗒往下掉的样子一点没变,还是像动画片里的洋娃娃,眼睫毛被泪水浸湿了,往上翘着,还挑着一颗泪。董宁忍不住捧起萧飞的脸,轻轻抹了一下她的泪珠。

"董宁!你干吗呢?!"

萧飞像是做了一个甜蜜的梦,正要被王子亲吻,突然来了一个惊雷,把王子劈死了。这个惊雷就来自董宁的妈妈。萧飞和董宁还蹲在地上捡破碗,董宁的妈妈已经凶神恶煞一般冲进炸酱面馆,站到了他们的面前。

"董宁,我满世界找你没找到,你居然又跟萧飞在一块?全中国的女孩都死绝了是怎么的,你就迷上这疯丫头了?你被她害得还不够?你还想为她流多少血?非得把脑袋丢了才满意是吗?"又转向萧飞,说:"我是怎么说的,你就不能放过我家董宁?董宁快大学毕业了,要工作了,马上就是大律师了,你配不上董宁。你怎么就不明白呢?别以为你家拆迁那点儿钱就飞黄腾达了,真正的金枝玉叶都等着我们董宁呢。儿子,跟我回家!"

董宁妈妈伸手去拽董宁,没拽动。

"我再说一遍,跟我回家!"又没拽动。

"董宁,你要是还认我这个妈,你就跟我回家!"

董宁干脆一屁股坐在了地上。

董宁妈妈气急败坏,又数落萧飞道:"你看你看,你得逞了,把我儿子带坏了你满意了？我就知道你这小妮子没安好心，不是惹是生非就是玩苦肉计，你妈进医院，你在这儿掉眼泪，不就是看我儿子心软想博取同情吗？你如意算盘打得够好了。我儿子心软被你骗，我可没那么容易被骗，我不吃这一套。你看看你从小到大都干了些什么，学骑自行车，把我儿子弄进医院了；打台球，把我儿子弄进医院了；在咖啡馆端盘子，又把我儿子弄进医院了。你但凡有点良心，就应该离我儿子远点儿，怎么成天阴魂不散追着他呢？你还真想缠他一辈子？"

萧飞还蹲在地上，听着她继续连珠炮一样数落她的一百条罪状，心境却完全变了。她再也不自责了，也不觉得委屈，听到后面甚至笑了出来。对啊，她就是想缠他一辈子啊，这十来年一直这么想，在世贸天阶大屏幕上发表白短信的时候就这么想，跟他在出租屋里肩并肩一起看电影的时候就这么想，倒在他怀里睡得口水流成河时也这么想，就连刚才吃炸酱面时都在这么想。她口不应心地说了那句"以后我再也不找你"，真正想说的是"以后天涯海角我也要找到你"。想到这里，萧飞看了看董宁。他坐在地上，一脸戏谑的表情，正欣赏他妈精彩的表演，发觉萧飞在看他，还调皮地冲她挤了挤眼睛。然后，萧飞的灵魂就飞了，她的灵魂飞到五尺高的半空，看着自己的肉身很快地凑到了董宁面前，在董宁的嘴唇上轻轻吻了一下。然后，董宁愣了愣，笑了笑，快乐地回吻了她。再然后，董宁的妈妈就昏倒了。

没有爱比
爱一个得不到的人

更心痛

到达晏景和家已经是晚饭时间，这是戴安第三次来。第一次是平安夜，晏景和请她参观新家的新酒窖，结果晏景和的猫拉肚子，两个人在宠物医院忙活了一夜。第二次是跨年，晏景和大宴宾客，却被以前的女朋友搅了局，不欢而散，戴安更是心里惦记着马天越，早一步离开了聚会。戴安想起马天越说的那个词儿：鸳梦重温，忍不住笑起来，这梦还挺难重温的，人算不如天算，老天爷每次都能让她在正要重温的时候醒过来。算起来，距离第二次也就二十四小时，戴安却觉得恍如隔世。

戴安停好车，直接上了二楼。晏景和正在餐厅等她。欧式装修，法式浪漫，是晏景和喜欢的，雪白桌布上方低垂下水晶吊灯，餐盘雪亮，银器精美。晏景和已经换上了笔挺的新衬衣，在长桌的一头正襟危坐，笑眯眯看着戴安，臂弯里还窝着心爱的肚兜儿。肚兜儿对即将发生的事完全不关心，只是眯着眼睛心安理得享受主人的温存。

"等很久了吧？"戴安在长桌的另一头落座。

"多久都值得。马天越复查结果怎么样？"

戴安没回话，反问："给我准备了什么好吃的？我饿了。"

"你想吃什么？两个厨师随时待命。"

"我想吃涮羊肉，可也得有啊。"

"你看你。"晏景和撇了撇嘴，俯身把肚兜儿往地上一放，肚兜儿轻快地跑掉了。他起身走到戴安跟前，把手一伸："跟我来。"

戴安不知道他卖的什么关子，狐疑着把手放到他的手上。晏景和带着她走上三楼，然后打开通往露台的门。这个露台被晏景和用玻璃封了起来，装了最好的保温保湿系统，做了个屋顶花园，外面虽然是寒冬腊

235

月,里面却温暖如春。鲜花绿草中间摆了张小方桌,正中央已经放好了老北京涮肉的铜锅,里面的汤水已经沸腾,咕嘟咕嘟翻滚着。桌子上,小碟子小碗家伙什儿齐全,小兔子形状的筷子托上筷子已经摆放整齐,再往旁边看,芝麻酱和辣椒油都已经调好了。

"我记得你不吃香菜不吃韭菜花,所以没放。小香葱是厨师去邻居家蔬菜大棚里拔回来的,味道还可以,我帮你放了一点点。试试看。"

戴安长出了一口气,终于露出笑容:"你费心了。"

"第一次正式邀请女朋友赴约,做到这些只能打六十分。"

"还有四十分呢?"

"你知道我就是六十分的人,再多也做不到了,假装完美就不是我了。装模作样早晚原形毕露,不如实事求是。"

戴安笑道:"算你诚实。"

两个人落座,晏景和通知厨师准备肉和菜。

"拿出来吧?"晏景和看着戴安。

"拿什么?"

晏景和扭头看看戴安一直带在身边的包:"鼓鼓囊囊,不是炸药就是酒。我这几天表现良好,你应该不会炸我,那就是酒咯。这么晚才过来,不用问,去老爷子家里偷酒了。"

"兔崽子,被你看穿了。"戴安拎出一瓶白酒,"去了趟我爷爷家,顺了一瓶出来。"

"连个标签都没有,一定是好东西。"晏景和接过来端详了一下,拧开瓶盖,"要是我猜得没错,这酒应该还有一瓶,早就被马天越喝完

236

了吧。"

"你今天智商已经远远不止六十了。"

"你要是还不满意,我可以往七十分努努力,带你进城,去你想去的涮肉店,或者直接带上马天越一起吃这顿饭也行。"

"不用那么拼,现在这样已经很好。"

"那就吃吧,我知道你饿了。"晏景和捞起两片肉放到戴安的碗里,自己却不吃,先喝下小半杯白酒,一咂嘴,"好酒,最适合诉衷肠。"

戴安笑笑没说话,开始大吃。自从马天越进了医院,她就没再吃过火锅了,甚至没有踏踏实实吃过一顿饭。每天睁眼醒来先想到马天越吃什么,担心医院伙食不好,她特意请了阿姨每天在家烧好病号饭带去医院,要有营养,又要注意种种忌口,不能太硬,又不能光喝汤。一日三餐都要用心规划,但是她常常忘记自己要吃饭。

晏景和的碗里有两片煮得很软的土豆,却没吃,他只看着戴安吃,同时自斟自饮,不知不觉白酒已经半瓶下肚,才慢悠悠说道:"有心事就说出来吧,晚上吃得太多容易消化不良。光吃饭,不说话,这不是你的风格。"

"我是真的饿了。"

"胃饿了,还是心空了?"

戴安又吃下一大片土豆,长出了一口气,说:"被你说着了。"

"医院那边情况不好?"

戴安没有马上回答,拿小漏勺在铜锅里捞了捞,问晏景和:"厨房还有毛肚吗?"

237

晏景和笑:"我还真不知道你爱吃这个,幸好厨师在行,准备了不少。"他吩咐了厨房,很快又来了一盘毛肚。戴安并不相让,很快吃了个干干净净。

"还要吗?"

"不要了,够了。"戴安指了指喉咙,"已经吃到这儿了。"她给自己倒了一杯白酒,一口喝掉一大半,"我以前是不吃的,马天越特别爱吃,最高纪录吃过五份。我问他有那么好吃吗,他说你想知道的话一定要尝尝,我就尝了一口,然后爱上了。"

"我相信。"

"你相信什么?"

"如果你现在说个什么东西是我没吃过的而你却爱吃,我也会很快爱上。"

戴安笑道:"知道你嘴甜,也不用处处献殷勤。"

"以后我就常驻北京了,只要你想吃,咱们随时吃。"

"真的常驻北京了?"

"对啊,"他舒服地把双臂往后一展,整个人慵懒地靠在椅背上,"这就是我的安乐窝了,咱们俩的安乐窝。只羡鸳鸯不羡仙,不知今夕是何年。多好。"

"我问你一件事。"戴安身子往前一探,饶有兴趣地把两只手臂都摆到桌子上。

"问。"

"当爸爸的感觉怎么样?"

238

晏景和笑了："旧事重提。这是换一个角度兴师问罪啊。"

"真没有。纯粹出于好奇。我朋友中当爸爸的不多，有几个，已经很少来往了，所以趁机采访采访你，当爸爸的感觉怎么样？是不是真像别人说的，有一种稳稳的幸福？"

"不是。没有。"

"这么冷酷？"

"不是冷酷，我只是实话实说而已。孩子来得太突然，又非我所愿，我很长时间内都无法接受我是爸爸这个事实。"

"很长时间是多长？什么时候开始接受？"

"我理解的爸爸，应该是两个相爱的人结成美满婚姻，一起酝酿新生命，看着他一点点在妈妈的肚子里长大然后降生，充满喜悦地把这个小生命抱在怀里的人。这个定义不符合我。所以坦白说，我到现在还不是很能接受这件事。当然，看着一个小孩子一点点长大，会坐，会站立，会行走，会说话，是很奇妙的。但是他越长大，我就越有挫败感，别人当爸爸都觉得自己完成了一件艺术品，只有我总觉得面对的是一个惩罚。"

戴安叹了口气："真是难为你了。怪我问了一个不好的问题。"

"那倒也不是，谢天谢地，我儿子很能理解我，他说我做得对，自由高于一切。"

"这孩子还真随你。"

"他一定喜欢你。以后多的是机会见面。"

"别，后妈这种高难度的活儿我还不想胜任。"

"那就养个亲生的咯。"

"一点都不好笑。今天是新年,我却在医院待了一天,看了数不清的病人,心情不太好。很想听听关于小孩子的事,还以为新生命总是带给人喜悦。可惜你这儿也有本难念的经。"

"想当妈妈了?"

"某个时刻,确实想过。"戴安干了杯中酒,"怪我还没有这个福气吧。"

晏景和又帮她斟满。酒瓶子已经见底。"拿出来吧。我知道包里还有。"

戴安笑,又从包里拎出一瓶白酒。

"知道我这儿有酒窖,还自带酒水上门,寒碜我。"

"你这儿都是红酒,跟我今天的心情不搭。"

晏景和开了酒,给自己斟满:"我知道你心里有事,跟我说说吧。谈情说爱先放一边儿,做个聊天的老朋友,我还是合格的吧。"

戴安摆弄着手里的酒杯:"马天越遇到坎儿了。我不确定他能不能过去。"

"不是恢复得挺好吗?"

"是一直不错,但还是出了问题。创伤性动脉瘤,你听说过吗?"

"没有。那是什么?"

"大规模的创伤容易引起血管壁异常扩张,就形成了动脉瘤。我也是今天下午听了专家会诊才听明白。严重的可能会引发失声,还会影响肢体活动。马天越已经病发好几天了,但是一直瞒着我,要不是今天我追问,他还打算一直瞒下去。说不定就悄悄死掉了。"

"胡说。现在技术先进,血管方面的手术应该不难做。"

"问题是,他受伤的部位在脖子。出车祸那天他戴了太阳镜,有一块碎玻璃刺穿了动脉,当时就有失血过多的危险。我一直以为伤口好了就安全了,没想到还会有这种病变。今天中午我原本已经离开了,但是在门诊大厅遇到了萧飞,看到她穿了咖啡馆的工作服,心里就一阵子翻江倒海,鬼使神差,我又回了马天越的病房,然后我就发现了这件事。晏景和,你相不相信凡事都有定数?"

"我不信。你呢,相信吗?"

"我原本不信,但是造化弄人。"

"不是定数,是你心中有数。"

"我有什么数?"

"下一步要怎么走,你心中有数。新一年的第一天,你终究是要走旧年老路。"

戴安摸了摸脸,热腾腾的火锅加上热辣辣的白酒让她脸颊绯红。"晏景和,我早就跟你说,我完蛋了。"她喝掉杯里的酒,小巧玲珑的酒杯在手里把玩,"我觉得我已经不爱他了,可是我又问自己,不爱他,我还能爱谁呢?以前我想,我可能会掉头发,可能会丢手机,可能会变穷,但是我永远不会丧失爱一个人的能力。但是我太天真了,我真的不会爱了,甚至羞于说这个字。就是这个字让我变得愚蠢,优柔寡断,瞻前顾后。我讨厌这样的自己,可是我又摆脱不了自己。我甚至都不能把自己灌醉,暂时逃离那样的自己。我真的完蛋了。"

晏景和一直安静地听着，戴安说完最后一句，他用小漏勺在铜锅里捞了半天，捞到一小块刚才戴安煮的毛肚，送到嘴里。毛肚已经老得嚼不动了。

"你看，再好吃的东西，火候过了，就没法吃了。"

戴安嗤笑了一声，说："别给我上课，我都懂，只是忍不过。"

"戴安，若说嫌弃自己，我比世界上任何一个人都有资格。你知道吗，你第一次离开法国，我失约了，没跟你一起走，匆匆给你打了个电话都没去机场送你，你一直恨我。其实我去了，我就躲在离你不远的一根柱子后面，哭得像个傻子。我太想和你一起走了，但是我不敢。因为我刚刚知道我有了一个孩子，我觉得我犯了一个不会得到原谅的错误。我看着你，我唯一真正心动过的姑娘，带着一颗恨我的心离开，我真的很想死。我觉得余生都不会再幸福了。

"后面的几年，孩子虽然不在我身边，但是我要定期去看望，要给朱慧抚养费，要接受她的家人的指责。我一次聚会都没再参加过，一次恋爱也没有谈过，整个人就像行尸走肉，浑浑噩噩没有一点精神。直到听人说起你又去了法国，我才像得到了救星，欢天喜地跑去跟你见面，还特意制造了一个偶遇的假象。孩子的事我没敢告诉你，是因为太怕再次失去你。"

"可是你又失约了，你又放弃了我一次。"

"对，我又害怕了。我做好了准备要跟你一起回国，朱慧找到我说，如果我回国，她会带着孩子一起，我走到哪里她就跟到哪里，我和谁在一起她就让谁不得安宁。我被吓住了。她比我年长好几岁，敢说敢

242

做，我当时是很怕她的。我想给你世界上最好的东西，这些绝对不包括一个私生子和一个泼妇，所以我又失约了。当时我想，我可能再也没机会得到你了，再也不配提爱这个字。我又变回了从前放浪形骸的样子，对谁都好，对谁都没办法认真。参加派对、和不同的人约会，总能在片刻的欢愉中快乐一会儿，可是派对散场，春宵结束，心里总有一个黑洞越来越凉，越来越填不满。所以，你说的，我都懂，我知道做一个不会爱的人有多痛苦，这比爱一个得不到的人要痛苦一百倍。"

"晏景和，其实你是个很好的人，你不该作践自己。"

"有你的我，才是个好人。没有你，我只是在混日子。"

"我已经不是你记忆中的那个小姑娘了。"

"你是。我嫉妒马天越，也感谢马天越。他让我知道，戴安还是戴安，一点都没变。"

戴安摇了摇头，拿起筷子轻轻敲了敲碗沿儿，带着几分醉意唱起来："以为自己心已尘封，谁知窗外春意浓，已然被情愁惹得眼蒙眬。"唱到一半又笑，"小时候唱这样的歌词特别理直气壮，觉得自己特成熟特沧桑，怎么现在真的成熟了沧桑了，反而唱不出口了。"

晏景和起身走到她眼前，伸出手，接着唱道："守着你是我，不是风，深情意重，一生守候着不会移动。"

晏景和的手伸了好一会儿，戴安并没有去牵。

"对不起，晏景和。我该走了。马天越明天手术，我得去陪他。不管结果怎样，不管他怎样看我，我还是要听从我的心，陪他走过这一程。从前的好山好水走过，眼下这激流险滩也要一起闯，情侣也罢，兄

243

弟也罢，我不做不义之事。"

晏景和一笑，牵起她的手："我已经帮你安排司机了。"

车开到大门口，晏景和停住脚步，俯身对车里的戴安说："今晚喝了不少，病房里肯定睡不好，睡沙发盖好毯子，别着凉。"

"好。"

"今晚我手机一直在身边，有什么需要随时给我打电话，那个医院我熟。"

"好。"

"手术时间可能很长，你别不吃不喝傻等，要养足精神。"

"好。"

"等你好消息。"

"晏景和。"戴安把车窗又降低一些，整条胳膊都探出来，仰起脸看他。晏景和又把身子降低些，问："什么事？"

戴安凝视了晏景和好一会儿，已经三十几岁，记忆里的俊美少年风流却不减当年。时间改变了很多事，又沉淀了很多事，那些搁浅了的带不走的，都会刻在人的脸上，成为风尘中最美好的叹息。戴安突然觉得有很多话还没说完，却不知从何说起，终究只是笑了笑，说："涮肉很好吃，等我忙完了，再来吃。"

"好，我等你。"

我只想
爱一个

刚好爱着我的人

◆

李超超过了一个无比忙碌的春节,她没有按惯例回老家,而是留在咖啡馆里上班。身为新晋店长,她斗志昂扬,精力旺盛,比以往更加爱岗敬业。她要用实际行动证明老板提升她为店长是个正确的决定。

她比以往忙碌,还有另外一个原因,那就是她每天都去医院向马天越汇报工作。他刚刚做完大手术,恢复得非常好,李超超觉得让他每天都看到店里飘红的营业额他会康复得更好。虽然马天越一再跟她说,不需要每天一大早就去汇报工作,但是李超超说:"我是新人,完全没有做店长的经验,还是得您手把手带一下,没有您的肯定,我总觉得心里不踏实。"

李超超的做法得到了马天越父母的高度肯定,他们一致认为这个店长虽然看起来年轻但是做事很沉稳,不像时下里那些心浮气躁的年轻人,他们都是能偷懒就偷懒,别说主动跟老板汇报工作了,老板让写个工作总结他们还使劲儿往后拖呢。马天越的父亲当了很多年机关干部,看多了下属各种拖延搪塞效率低,现在看到儿子手下有这么积极主动的干将,非常高兴。马天越的母亲更是凭女人的直觉判断,这姑娘干工作勤快认真,过日子也必然是一把好手,她甚至问马天越这姑娘多大年纪生辰八字有没有男朋友,她责怪马天越怎么就这么傻,放着优秀人才不收进家里做老婆,反倒塞到店里做什么店长,大材小用了。

马天越躺在病床上裹在纱布堆里,哭笑不得。他再一次明确地告诉李超超,不需要每天汇报工作,更不需要每天一大早就跑到病房来打开水擦桌子扫地。李超超点头答应,第二天却照去不误,工作可以不汇报,卫生却一定要搞,也一定要跟马家二老聊家常。这一聊不要紧,李

246

超超的妈妈的老家居然就在马天越他们县，李超超甚至还能说几句地道的"家乡话"，马天越手术后发声困难，干脆闭口不言，任凭自己的父母跟这个来路不明的小老乡相见恨晚。

李超超心里那点算盘，当然是瞒不过店里其他人的，她也不屑去瞒，谁说点儿闲言碎语什么的任他说去，她还巴不得闲言碎语多些，有道是谎言说了一百遍就变成事实。偶尔某个瞬间，咖啡店没有客人非常安静的时候，或者打烊之后拖着疲惫的身体回到租住屋的时候，她会想到谭鑫。他在老家做什么工作，去相亲了没有，会不会怀念北京的繁华热闹。但这些想法都只在脑中一闪而过，丝毫不构成她停下脚步回顾从前的理由。人总是要往前走的，而且会走得更远，走得更好。这是她深信不疑的事。谭鑫留给她的银行卡她去查询了，有十万块钱。这点钱是一个小面包房裱花师在北京打拼几年的全部积蓄，太少了，太少了。李超超暗自庆幸自己早早摆脱了他，否则一辈子也不可能挣够买房子的钱。她把钱转到自己的账户里，当然暂时还买不了房子，但她相信自己比谭鑫更能让这笔钱体现"钱"所应该具有的价值。钱的价值是什么？是交换，是增值，是给人带来快乐。如果只躺在银行卡里，那只是"存款"，不是钱。这么想，她觉得自己很有生意头脑，很有点"老板娘"的潜质。

店里的咖啡师偷偷问萧飞："戴总跟马总真的完了？就算戴总去了法国，也轮不到李超超做我们老板娘吧。"

萧飞嘴上坚定地说："马总不会这么饥不择食吧。"心里却有点含糊，她觉得戴安在这样关键的时刻离开实在不明智，手术前在马天越身边守了一夜的是她，手术后不眠不休陪在马天越身边直到他脱离危险的也是她，怎么现在马天越终于真的快康复了，她却头也不回地走了？她很想对戴安说："你以为放弃是一瞬间的事，其实很可能是一辈子的事啊。"可是返回头又想，她不是希望戴安遇到更好的人吗，让一段渐渐冷掉的感情就此谢幕不也挺好，并不是所有人都像她萧飞这么幸运，不放弃地爱上了一个同样不放弃的人。

想到这些，萧飞得意地笑笑，手中的球杆握紧，又稳又准地打出去。

"好球。不用打了，这局你又赢了！"晏景和鼓掌。

"已经第三局了，晏景和，让我赢你三局，太不科学了。你这球打得太不走心了啊。"

"是你技术高超了呀，情场得意球场也得意，知道的是你春节去了趟香港，不知道的以为你去了趟南天门成仙了呢。"

萧飞毫不客气，得意是掩饰不住的，更何况她从来都不是婉约的人。那天炸酱面馆的"激吻"事后想起来有点心有余悸，万一董宁把她推开可怎么办，她以后还怎么在街坊四邻的目光下装好汉。幸好董宁那个家伙够意思，配合她表演了一出"一吻定情"，成功地把董宁妈妈的嚣张气焰打压下去。当时董宁妈妈耍赖，假装心脏病发作，还颤巍巍地对董宁说"儿子你记着是这个扫把星克死了你妈"，可是董宁拿出手机一拨120，他妈立刻跳起来打他说："败家孩子，叫急救是要花钱的，贵着呢！"说完又发觉自己演砸了，气呼呼地走了。萧飞看看董宁，心里默念："敌不动我不动，只要董宁不开口我就坚决不开口。"然后就听到董宁说："我还以为滚动大屏幕是最可怕的，敢情还有更可怕的，你

248

是看面馆的大蒜不要钱是怎么的吃了那么多，害得我初吻都是大蒜味儿的，这会有心里阴影的！"萧飞一点儿没犹豫，对着这个得了便宜还卖乖的人就是一顿铁拳。

这么多天过去了，香港游也游了，开心的事多得不得了，但那件事还是占据第一位。只要一回想起那天的情景，萧飞就美得合不拢嘴。

晏景和看她陶醉的样子，忍不住拿球杆戳了戳她："别乐了，耳朵都被自己咬掉了。你这新年运气不错，看来上帝垂青你，骰子的第七面都是好运气。"

"啊，对了！"萧飞三蹿两跳跑去把自己的包拎来，从里面拽出一只加了环扣、做成装饰品的7号桌球。这是她最初跟晏景和相识的时候，晏景和送给她的。她还清清楚楚记得当时晏景和故弄玄虚地说："这是骰子的第七面，你永远不知道上帝会给你什么。"现在萧飞完璧归赵。"谢谢你的骰子的第七面，它真是给了我好运气！"

晏景和接过桌球来看了看，夸张地亲了一下，说："千回百转，你终究是要回来。"

"这球到底是什么？该不是什么定情信物吧？"

"被你说着了。"晏景和把球在手中轻轻抛了两下。和戴安相识的第二天，应该说是第一天的延续吧，因为他们一起跨了年就没再分开。那天下午他们去会所打桌球，晏景和与一个法国小伙玩九球，说好了一局定输赢的，偏偏晏景和开球失误，被对手占了先机。原本以为没有希望了，对手却在打7号球的时候出现了严重失误，晏景和抓紧时机赢了那一局。原本不是什么惊天动地的比赛，但是身在异国他乡，身旁又有很多外国人围观，饶是戴安和晏景和两个半大孩子，也被此情此景刺激，一种朦胧的爱国情绪油然而生，更何况戴安的爷爷是将军，她是从小听着爱国主义教育长大的。戴安轻声说："晏景和，咱们不能输啊，输了就让金毛儿们看笑话了。"只这一句，晏景和就像得了圣旨，又像肩负了重大的历史使命。直到最后险胜，他才长出了一口气，最后一粒球进入球袋的时候，戴安激动得双颊通红，跳过来抱住晏景和的脖子原地打转。晏景和抓了7号桌球过来，说："这是咱的幸运符啊，你得有点儿表示的吧？"戴安倒也大方，不假思索地献上香吻，她是要吻7号球的，没想到晏景和的手一晃，飞快地拿走了7号球，戴安的嘴唇精准地落到了晏景和的嘴唇上。

失去戴安之后，晏景和很多年没有玩过九球，但是那只7号球一直陪在他身边。床上情话容易得，唇边轻吻却难求。晏景和从来没有对人说起过这段往事，他怕一开口，那个最纯美的吻就不见了。

"戴安去法国了，你为什么不跟着走？"萧飞问。

"这个时候跟过去只会让她更烦躁。给她所有，不如给她想要的。她想要安静，就给她安静吧。"

"你不怕她不回来吗？我听人说，在马总出车祸之前，戴总就是要去法国跟家人团聚的。马总就是在去机场找她的路上撞车了。"

"怕。"晏景和拿出一支烟，刚放到嘴边要吸，想到戴安曾让他少抽烟，说跟他的气质不符，于是收了起来，"怕也不能现在去追。我更怕她不开心。"

萧飞不得不承认，她被晏景和感动了一下。"坦白说，刚认识你

250

的时候，我觉得你挺烦人的，油嘴滑舌，不务正业，典型的浪荡公子模样，跟你说话心里都有抵触，要不是想挣你的小费，才懒得理你呢。后来吧，觉得你还是挺仗义、挺够哥们儿的。我不是太能想象你以前和戴安在一起是什么样子，但是我觉得，你现在的样子，是能给她幸福的。至少，你在努力想给她幸福。"

晏景和听到这话，斜着眼睛看了萧飞一眼，开玩笑道："是不是后悔没跟了我？"

萧飞已经习惯了他的路数，干脆顺杆爬："就算是我想跟你，也得跟得上啊。就我这猪脑子，永远猜不到你想要啥。"

晏景和轻轻笑了一下，7号桌球在手里抛了抛："我想要的很简单，无非是一个我爱的人，而她刚好也在爱着我。"

晏景和的手机响起，跳进来一条短信，是戴安的。

"我回来了，请我吃火锅。"

晏景和冲萧飞眨眨眼："她来了。"